HAUS ITHAKA

Rudolf Presber

HAUS ITHAKA

Ein heiterer Ostseeroman

Herausgegeben und gekürzt von
Joachim Puttkammer

Mit einer Einleitung von
Wolfgang Presber

HINSTORFF

Die Deutsche Bibliothek - CIP-Einheitsaufnahme

Presber, Rudolf:
Haus Ithaka : ein heiterer Ostseeroman /
Rudolf Presber. Hrsg. und gekürzt von
Joachim Puttkammer. Mit einer Einl. von
Wolfgang Presber. - 1. Aufl. -
Rostock : Hinstorff, 1996
ISBN 3-356-00690-8
NE: Puttkammer, Joachim [Hrsg.]

1. Auflage 1996
Printed in Germany
ISBN 3-356-00690-8

Zu diesem Buch

Rudolf Presber (1868-1935), schon vor dem ersten Weltkrieg als Bühnenautor und Schriftsteller erfolgreich, gehörte zwischen den beiden Kriegen zu Deutschlands bekanntesten und beliebtesten Erzählern. Von zeitgenössischen Berichterstattern oft nur als herausragender Humorist und liebenswürdiger Plauderer dargestellt, verbirgt sich weit mehr hinter der durchweg heiteren Fassade seiner Erzählungen und Romane. Mit einem feuchten und einem heiteren Auge vermag er immer wieder an die Tiefen menschlichen Seelenlebens zu rühren, erweckt aber niemals den Eindruck des Gewollt-Tiefsinnigen, sondern besticht durch die Natürlichkeit und Frische einer begnadeten Künstler-Persönlichkeit.

Die Presber'schen Romane sind humoristisch nicht im Sinne oberflächlicher, nur auf Situationskomik angelegter Unterhaltungslektüre. Vielmehr ergötzen sie und verbreiten Behagen, erinnern an Jean Paul und Dickens und sind in ihren mit fröhlichem Herzen geschriebenen Schilderungen deutschen Landes und deutscher Menschen verwandt mit Reuter und Raabe.

Das Sommerdomizil des Autors „Haus Ithaka“ in Graal ist der Schauplatz des Geschehens im gleichnamigen Roman. Deutlich wird die Liebe, die den Dichter mit seinem Ferienparadies an der Ostsee verbindet. Hinter heiteren Schilderungen, der häuslichen Atmosphäre von „Ithaka“ mit seinen geladenen und ungeladenen Gästen und den unvorhergesehenen turbulenten Ereignissen eines Graaler Dichtersommers spürt man das eigene Erleben, die Wahrhaftigkeit der nicht überzeichneten Gestalten und auch sehr Ernstes und Besinnliches. So sind die beiden Hauptpersonen des Buches, der Schriftsteller Felix – zum Teil Erzähler im Roman – und sein Freund, der Maler Julius Barrenthin, Schlüsselfiguren. In beiden sieht der Autor sich selbst, im Felix seine glückliche Gegenwart im sommerlichen Ostseebad, in dessen Gast, dem Maler, sind es Jugendsünden, die anklagend, letztendlich aber doch versöhnlich wieder auferstehen.

Wolfgang Presber

Wo es steht, das „Haus Ithaka“?

Irgendwo an der deutschen See. Da wo die Bäume der „Heide“ schöner und mächtiger sind als anderswo; als ob sie’s wüßten und fühlten und im Wachstum trotzig kundtun müßten: wir sind die letzten Ausläufer jenes großen, schönen Waldes, der stundenweit den Wanderer umrauscht von der alten Hansastadt her, wo Kaufherrn rechnen und Schiffsreeder planen und die akademische Jugend Lernen und Fechten geht, bis zu dem weißen, weißen Strandsand, den zwischen den wimpelgeschmückten Körben viel nackte Kinderfüßchen treten. Wir sind die alten Wächter, die sturmerprobten Vorposten am Meeressaum. Wo unsere Wurzeln endigen, rollt schon, ein Gruß der Ewigkeit, die Salzflut heran!

Vom Haus Ithaka aus sieht man das Meer nicht und nicht seine ziehenden Segel. Zwischen Haus Ithaka und dem Wasser liegt, schmal, dicht und schattenreich, der Waldgürtel mit seinen unbesiegbaren Stämmen, mit seinen im Sturm, wie dunkle Fahnen, wehenden Wipfeln. Aber wenn es nur ein wenig empört ist, das Meer – und selbst unterm blauen Sommerhimmel regt es sich manchmal gewaltig auf und zeigt seine Stärke –, ja, dann hört man’s durch die geschlossenen Fenster und Läden drohen und grollen und rauschen und donnern. Und die Kinder von Ithaka, die gut Freund mit ihm sind und ohne Furcht; die ihm die blanken Müschelchen danken für ihre Spiele und die vielen Geheimnisse, die es ihnen bald als vermodertes Treibholz, bald als rosigleuchtende Qualle zuwirft, die Kinder von Ithaka, die ihm die braune Haut danken und den leichten Takt der unbeschuhten Sohlen und den Märchenglanz in den blauen Augen und all die Sommerfröhlichkeit in ihren lieben, unschuldigen Herzen, die Kinder von Ithaka sagen dann wohl: „Hörst du, Papa, die See macht wieder Musik! Heute darfst du nicht paddeln – das leidet die Mutti nicht!"

Und „Mutti" seh' ich vor mir – sie vor allen –, wenn ich an Haus Ithaka denke und mich heimlich nach dem Gärtchen und seinen Birken und Rosen sehne. Denn vielleicht ist sie mehr, die Mutti, viel mehr als bloß die Bewohnerin dieses Häuschens am Meer, die lachend mit mir kommt, mit mir und den Kindern, wenn die erwachenden Häuser ringsum in den Gärten ihre Läden aufstoßen und der Flieder blühen will; und die, ein Tränchen im Auge, mit mir geht, wenn da drüben über der Straße an dem Haus, wo die alten, adeligen Damen wohnen und ohne Hilfe so tapfer, als wenn sie's nie anders gewohnt gewesen wären, ihre Bäume beschneiden und ihr Spalierobst binden, der wilde Wein sich blutig färbt und Schwärme von schwatzenden Staren sich schon niederlassen in den hohen Bäumen zur Beratung für die Herbstreise weit, weit über Alpen und Mittagsmeer. Vielleicht, denk' ich, ist die Mutti hier gar nicht Gast und nicht Herrin. Nein, „Herrin" schon gar nicht; solch strenger Titel paßt nicht zu ihrer molligen Erscheinung, zu diesem jungen Körper und Herzen, an dem alles freundlich und rund ist und ohne Kanten und Ecken; zu dieser deutschen Blondheit und dieser schlichten Sauberkeit der Haut, der Rede und der Gedanken.

Und ich glaub' es felsenfest: wenn die hübsche junge Frau, an deren Hand bald der schlanke Junge, Abenteuer ersinnend, daherhüpft, bald das rundliche Schwesterchen ihr Käthe-Kruse-Puppengesichtchen aufhebt, um wichtige Fragen zu tun: ob die goldbrüstigen Käferchen auch miteinander richtig reden können, und wer wohl den Rotschwänzchen im Winter die Brosamen vor den weißen Gartentisch streut, – wenn die gute Mutti, denk' ich, einmal die Augen für immer schlösse, dann müßten die grünen Fahnen an den weißen Birkenstämmchen alle mit einemmal grau und welk werden. Dann müßten die Rosen alle ihre Köpfchen senken und Farbe und Duft verlieren, die herrliche La France, die üppige Madame Rothschild und die zartrosafarbene Gartenkönigin, auf der – „Souvenir de la Malmaison" – des geschlagenen Kaisers Auge geruht, und die wir vor allen anderen geliebt haben. Und die Rotschwänzchen fänden gewiß nicht mehr in ihr altes Nest über dem Frühstückstisch auf der Veranda; und der Tau hinge nicht mehr so sieghaft glitzernd an den Grasspitzchen des Rasens, der so gern ein sportlich stolzer „englischer" Rasen wäre, und der doch allemal nur ein lieber deutscher Rasen – mit einigen Vergißmeinnicht und viel Maßliebchen dazwischen – bleiben wird ... Und in den blitzenden Scheiben spiegelte sich nicht mehr die Morgensonne so golden und froh, als wollte sie sagen: „Kann hier jemand traurig sein? Darf er's!? ... Ja, ich glaube, sogar die Sterne im „Großen Bären", die über Haus Ithaka wachen in der Sommernacht, verlören ihren Glanz. Denn tief unter ihnen läge im dunklen Garten ein Haus, das nichts mehr wäre als Steine und Balken und Eisen und Hölzer. Ein Haus, das seine Seele verloren hätte.

Denn auch Häuser haben ihre Seele, das ist mein fester Glaube; und wenn der Mensch gestorben ist, der die Seele eines Hauses war, so wird es vielleicht weiter benutzt, das Haus, und bewohnt. Arbeitspulte stehen vielleicht noch darin, Nähmaschinen klappern und Pianinos spielen die neusten Schlager. Aber das Haus ist tot und weiß es nicht; ist eine Ruine und beherbergt Spuk, nicht Leben. Der Milchmann, der Briefträger, die Eierfrau erkennen das gewiß nicht. Die ganze Alltäglichkeit, viel zu sehr belastet mit ihren eigenen Sorgen, hastet vorbei und läßt's gelten. Aber ein Maler, ein Poet, ein Mensch mit den feinen Nerven, die *hinter* die Mauern zu fühlen und zu schauen wissen, fröstelt wohl im Vorübergehen, und er murmelt: „Das ist ein totes Haus."

Haus Ithaka *lebt* noch. Und von seinem Leben will ich erzählen in diesen Blättern; und von den Menschen, die ihr Schicksal mit ihm verwoben; und auch von denen, die es ihm bloß erzählt haben. Und wenn nur ein wenig vom stillen Glanz seiner Sommertage wärmend und erhellend eingehen möchte in dieses Buch, das sein Bild und Gleichnis sein will, so werden sich auch Menschenherzen finden, die gerne das weiße Pförtchen öffnen und guten Willens eintreten mit mir.

Und wenn es wirklich Menschen sind, keine Modepuppen und Strandgecken, Menschen, die jene große Liebe kennen, jenes Heimweh nach der See; Menschen, denen noch ein Lied aus der Seele träumt, wenn sie die Hand um den Becher legen; Menschen, denen im Anblick von Blumen und schönen Frauen ein Dank für den Schöpfer aufsteigt, wie er sich auch nennt und verhüllt; Menschen, die ihre Irrtümer ohne Groll belächeln und ihrer guten Taten und Gedanken ohne Stolz sich freuen können, wie still getaner Pflicht, – so sollen sie willkommen sein, heute und immer, im Hause Ithaka, wenn sie es finden.

Intrate!

„Also – ich will in einem apfelgrünen Frack um zwölfe Unter den Linden spazierengehen, wenn das nicht unser Reisegefährte von heute vormittag ist!" Der wohlgenährte, blonde Herr, der dieses geäußert hatte, schob seinen Teller mit den Resten einer Fischmayonnaise energisch zur Seite, wischte sich umständlich den Mund und schaute triumphierend seine kleine Tischgesellschaft an.

„Mein lieber Herr Hälbig", entgegnete nach einer Weile bedächtigen Schauens der Fabrikant Köppe, während er seine Aufmerksamkeit wieder dem Karlchen, seinem achtjährigen Enkel, zuwandte, der sich eifrig, aber nicht allzu gewandt mit einem riesigen Kalbsschnitzel auseinandersetzte „...mein lieber Herr Hälbig, ich meine – art'ch sein, Karlchen! – ich denke, der Herr, der in Rostock mit uns aufs Schiff stieg, wäre nicht so elegant gewesen."

Durch die dialektgefärbten Worte rauschten anheimelnd die dunklen Wälder Thüringens. Daher mochte es kommen, daß Frieda Wachs, die ringgeschmückte Rechte auf den Arm ihres Mannes legend und den verschobenen Abschluß seiner Dauerwäsche ordnend, ganz unvermittelt zu dem genüßlich Kauenden sagte: „Wie hieß doch gleich das Hotel in Friedrichsroda, wo ich damals meinen Schirm mit dem Achatknopf stehen ließ?"

Ich weiß es nicht", lehnte der Gefragte kurz ab, „du hast schon so viel Schirme stehen lassen ... Mir ist bloß noch erinnerlich, daß du Nummer 27 hattest und ich gegenüber Nummer 31. – Übrigens ist es *doch* der Herr, der dir den Kognak anbot, kurz hinter Warnemünde, als dir..."

Frau Frieda war sichtlich ungern erinnert an Zustände und Begebenheiten „kurz hinter Warnemünde". Sie hatte das peinliche Gefühl, sich dort ziemlich unrühmlich benommen zu haben. Ja, sie war innerlich voll Verwunderung, daß sie jetzt schon wieder ein Beefsteak mit Ei hier im „Strandhotel“ mit gutem Appetit verzehren konnte; da sie doch heute um die Mittagsstunde die blassen, eiskalten Hände wie eiserne Schraubstöcke an die nasse Reling klammernd, geglaubt, gestöhnt und geschworen hatte, sie werde niemals wieder einen Bissen Fleisch oder ähnlich Ekelerregendes zu sich nehmen in ihrem ganzen ferneren Leben. Und dieses Leben selbst war ihr, je mehr der „Kronprinz“ rollte und schaukelte, immer weniger wert gewesen und immer gleichgültiger geworden. Bis dann jener fremde, sympathische Herr dort, der jetzt einen Platz suchend durch die Tische des Speisesaales ging, sie mitleidig angeschaut und ihr mit höflicher Begrüßung einen Kognak eingeschenkt und angeboten hatte. Wie war das doch? Sie hatte mal in Padua – oder war's in Verona? – in einer Kirche ein schönes dunkles Bild gesehen: „Der heilige Borromäus labt die Pestkranken“. Warum kam ihr dieses Gemälde jetzt bloß in den Sinn? Der gutgewachsene Herr dort in dem diskret gestreiften dunklen Sakko, schlank und bartlos, war sicher kein Erzbischof von Mailand; trug keinen Hirtenstab in der Hand und keinen Heiligenschein auf dem kurzgeschorenen Kopf; und hatte auch sonst keinerlei Ähnlichkeit mit dem heiligen Borromäus. Und sie selbst war, gottlob, so wenig an der schrecklichen Pest erkrankt, wie die anderen Fahrtgenossen auf dem „Kronprinzen“, die heute zur Mittagsstunde blaß und stöhnend auf nassen Bänken oder über die Reling gebeugt, die weit zurückliegende Stunde ihrer Geburt tausendmal verflucht hatten …

„Sie, Herr –!“ Köppe, der kleine Thüringer, gab sich etwas formlos. Die Redewendungen, von denen sein gutes Herz überquoll, waren selten Musterbeispiele von zierlichen Phrasen der Höflichkeit, wie sie der wißbegierige Ausländer in Übungsbüchern warm empfohlen findet. „Sie da, – Herr –! Hier ist noch 'n hübsches Plätzchen. Wir hamm' schon gegessen – Schluß und fert'ch – und sind friedliche Leute – art'ch sein, Karlchen! – friedliche Leute sind wir auch."

Julius lächelte und kam liebenswürdig grüßend auf den Tisch zu. Und da tatsächlich an diesem herrlichen Sommerabend, der den stürmischen Tag in heuchlerischer, harmloser Schönheit beschloß, in dem schmucken Speisesälchen des „Strandhotels" alle Tische dicht besetzt waren und hier die Herrschaften so freundlich einladend zusammenrückten, so besann sich der Hungrige nicht lange.

„Ja, wenn die Dame und die Herren gütigst gestatten – ich möchte aber wirklich nicht lästig fallen. Freilich, es ist alles besetzt, und ich wüßte nicht, wo ich sonst..."

„Braucht doch keiner Worte, werter Herr, braucht keiner Worte!" Es war Herr Wachs, der, mit den kurzen roten Händen wehrend, den Gefühlen der kleinen Tafelrunde beredten Ausdruck gab. „Ich denke, hier in dem Raum können sechzig Leute bequem zu Abend essen – und es sind schon neunundfünfzig."

„Wenn du nur mal das ekelhafte Zählen lassen könntest! Alles zählt der Mann!" Frau Frieda machte sich nichts aus arithmetischen Übungen. Und aus ihrem Mann machte sie sich auch nicht mehr übermäßig viel.

„Das Zählen hat mir heute auf der Herfahrt – ob Sie's nun glauben oder nicht –" Herr Wachs wandte sich eifrig an Julius, indem er ihm die Speisekarte großartig wie ein Geschenk überreichte – „... hat mir wahrhaftig die Seekrankheit vertrieben. Als ich bemerkte, die fatale Geschichte könnte losgehen – und links und rechts *war* sie schon geradezu fürchterlich losgegangen – ach, du meine Güte! – und meine liebe Frau stöhnte herzzerbrechend, ob wir nicht umkehren könnten. – Da hat man immer gehört: Auf der Ostsee passiert nichts – ja, Schnecken! Und wir fahren – – also, da habe ich mich kurz entschlossen auf den Rücken gelegt und habe immerzu die flatternden Vögel gezählt, die in meinen Sehbereich kamen. Es waren schließlich fünfundsiebzig."

„Nanu!"

„Gott ja, ich werde wohl viele davon zwei-, dreimal gezählt haben oder noch öfter. Ein paar Papierschnitzel mögen auch darunter gewesen sein. Aber es kam mir ja wirklich nicht auf die Richtigkeit der Statistik an, sondern bloß aufs Zählen. In der Zahl liegt immer eine gewaltige Beruhigung. Die Zahl ist die nüchterne Vernunft selbst. Und so bin ich dem Unglück entgangen, während rings um mich das Schreckliche – ach, du lieber Gott! – darunter meine liebe Frau... Und wie wohl sie jetzt wieder aussieht, das Herzchen, was? Übrigens, Prost! Herr – – – Wie war doch der werte Name?"

„Julius Barrenthin."

Nanu, dachte Wachs bei sich – aber er dachte es nur – bloß Barrenthin? Er hatte den Adel erwartet, vielleicht sogar einen alten, bekannten Adel, und war nun etwas enttäuscht. Das hielt ihn aber nicht ab, alsbald seine gute Laune wiederzufinden und sein Glas zu erheben. „Also, Prost, Herr Barrenthin! Und unseren Dank für den rettenden Schnaps. Er hat zwar – nichts für ungut – ein bißchen nach dem Korken geschmeckt – laß doch, Frieda! Der Herr hat ihn doch nicht selber auf Flaschen gefüllt. Ja, er hat ein bißchen nach dem Korken geschmeckt –“

Am Nebentisch lachte man sehr herzlich. Wachs bezog das auf seine treffende Bemerkung und lächelte geschmeichelt. Dann aber erklärte er, unbedingt Julius bei der Auswahl des Abendmenus unterstützen zu wollen. Und er führte diesen freundlichen Vorsatz eigentlich so aus, als ob er ein berühmter Arzt und Julius ein krankes kleines Kind sei; was beides nicht zutraf. Die Hotelkost sei meistens zu schwer und unbekömmlich, behauptete er. Es würden viel zu wenig Mehlspeisen, Obst und Gemüse gegessen. Schwindel, Herzklopfen, Migräne, Temperatursteigerungen, Verstopfungen, Blähungen und andere Unannehmlichkeiten, ja sogar peinliche Angstzustände seien oft die chronischen Erscheinungen, hervorgerufen durch den Genuß solcher lieblos in Hotelküchen zubereiteten Speisen. Eine Milchsuppe abends, etwas Gemüse und ein paar Kartöffelchen, zum Schluß eine leichte Mehlspeise, das empfehle er herzlich. Empfehle es um so mehr, als er schon spüre, daß ihm persönlich das große Rumpsteak mit den zwei Eiern und den reichlichen Bratkartoffeln, die er mit Remoladensoße zu sich genommen, wieder nicht recht bekommen wollte.

Um Ruhe zu haben, bestellte Julius ein Omelett mit Spinat. Und Wachs ermahnte das die Bestellung notierende Mädchen umständlich, in der Küche auf die Vermeidung aller pikanten und schädlichen Gewürze zu dringen. Er glaubte sich in dieser Weise am besten für den auf dem Schiff gespendeten Kognak erkenntlich zeigen zu können und kramte umständlich die Weisheit jener populären wissenschaftlichen Broschüren aus, die zur Verherrlichung irgendeines harmlosen

Backpulvers der hungrigen Menschheit Fleisch, Fisch und Gewürze am liebsten ganz abgewöhnen würden, und nach deren Worten er selber schon deshalb leider nicht leben konnte, weil seine liebe Frau gern stark gewürzt und pikant aß.

„Es ist noch immer eine schlimme Zeit auch für uns Fabrikanten, glauben Sie mir", sagte Herr Köppe zu Herrn Hälbig und schälte sich mit der Miene eines Genießers einen kinderkopfgroßen, rotbäckigen Tiroler Apfel.

Während Julius aufmerksam dem sein Lieblingsthema wieder aufnehmenden Wachs zuzuhören schien, und als Resultat guter gesellschaftlicher Erziehung an richtiger Stelle ein höflich ermunterndes Kopfnicken oder ein dankbar belohnendes Lächeln spendete, dachte er darüber nach, was wohl der kleine Mann da drüben, dem der schüttere Spitzbart, wie verregnetes Moos, an den immer gleichmäßig roten Backen klebte, fabrizieren könnte. Die merkwürdige Ursache der Unebenheiten seiner Haut und der Unreinheit seines Teints hatte Herr Wachs schon, als der „Kronprinz" noch am Kai von Rostock lag, anknüpfend an eine auf den Wellen tanzende rostige Blechdose, den Fahrtgenossen zum besten gegeben. Auf dem Durchmarsch durch Belgien, den er als Sanitäter mitgemacht, hatte ihm in irgendeiner nicht heftig genug zu verfluchenden Stadt ein niederträchtiger Franktireur einen mit Bienen gefüllten Bienenkorb aus dem Fenster eines zweiten Stocks auf den Kopf geworfen. Und die erschreckten und gereizten Tierchen hatten ihn rachsüchtig so zugerichtet, daß er wochenlang nur durch ein Röhrchen essen und aus den verschwollenen Augen so gut wie nichts sehen konnte. Schließlich war er als „dauernd untauglich" der Familie und dem rätselhaften Großbetrieb, dem er nach seinen mystischen Andeutungen vorstand, zurückgegeben worden …

Und welchen Beruf mochte wieder der wohlgenährte blonde, Hälbig genannte Herr ausgeübt haben, der sich so oft erfolglos räusperte und bald das linke Nasenloch mit dem wuchtigen Zeigefinger zuhaltend, durch das rechte blies, bald das rechte zuhaltend versuchte, durch das linke Luft zu bekommen.

Da schwamm durch das Gewirre der mancherlei Unterhaltungen, die das Sälchen summend füllten, ein rätselhaftes Wort auf Julius zu. Der blonde Koloß äußerte es nachdrücklich zu Herrn Wachs, nachdem er den Zwicker abgesetzt und kräftig durch das freiere Nasenloch geblasen hatte: „Was meinen Sie, mein Lieber, wenn man anderthalb Jahre lang egal auf Eisschollen gesessen hat – auf nichts als Eisschollen – das nimmt eklig mit! Nicht nur den Hosenboden! Die Schleimhäute, die Bronchien, die Lungen – alles! Als kerngesunder Kerl ist man ausgezogen. Büffel hätte man mit der Hand fangen mögen. Und nun schicken sie einen erst an die Lahn nach Ems – hübsches Bädchen übrigens, kennen Sie's? – Kränchen trinken und inhalieren – und dann zum Abhärten – an die See wegen Atemgymnastik in der staubfreien Luft."

Wie, wo und warum hat der Zyklop anderthalb Jahre „auf Eisschollen" gesessen? Und wie soll er sich nach so langem Aufenthalt auf so ungewöhnlichen Sitzplätzen noch abhärten? dachte Julius und sah seiner Gewohnheit gemäß, um besser nachdenken zu können, im Saal umher. Elegantes Publikum zumeist. Herren im tadellosen Smoking, erfreuliche Perlen im Vorhemd. Damen in leichten Abendtoiletten, Arme und

Schultern frei. Die schilfgrüne Robe mit den Brüsseler Spitzen dort war entzückend; wenn nur das Köpfchen darüber weniger Sommersprossen ... Dann wieder helle Strandkostüme Unbekümmerter, wie sie gerade vom Strande gekommen waren. Gebräunte Jünglinge in weißen Hosen und blauer Seidenschärpe, das Monokel verwegen im Auge, als wäre nie Revolution gewesen, und die üppige Foulardkrawatte kühn aus dem weichen Kragen geschlungen.

Jetzt blieb sein Auge an einem jungen Mädel hängen, das mit der Mutter – es war die Mutter, das sagte die lächerliche Ähnlichkeit – das vielbeneidet schönste Zweiertischchen am Fenster innehatte. Die ältere Dame – sah sie nicht aus wie eine Königinmutter in ihrer bewußten und doch von nichts berührten Würde – hielt das volle Sälchen unter dem Feuer ihrer Blicke.

Das junge Fräulein dagegen mit dem schlichten blonden Haarknoten, der die weiche Nackenlinie so herrlich und so selbstverständlich betonte, löffelte mit genüßlichem Lächeln ihr Fruchteis. Zuweilen schaute sie, verträumt die Waffel knabbernd, in die spielenden Lichter des Sonnenunterganges, der ihr eine schöne Zugabe der Natur zu dem leckeren Dessert der Abendmahlzeit schien.

Julius dachte, daß er um eines solchen Fräuleins willen – achtzehn Jahre mochte sie sein ... Der stolze Blick, den die wie zur Würde gereckte Mutter bisweilen durch den gefüllten Saal gleiten ließ, schien zu fragen: „Ist sie nicht bildhübsch, meine Tochter? Habe ich sie nicht gut erzogen, schick gekleidet und effektvoll herausgestellt“... Daß er um eines solchen Fräuleins willen hier in dem kleinen Ostseebad saß, dachte er. Daß er an Mecklenburgs Küste wartete, im „Strandhotel“ zu

Abend aß, anstatt jetzt, wie es eigentlich sein Programm war, und in seinem getreuen Kalenderchen seit Monaten vorgemerkt stand, die dicke Prinzessin Eisenberg-Weinstein zu malen. Die stolze Blondine, die einmal in den Salons der Landgräfin von Hessen unbestritten die schönste Frau gewesen war. Und die sich's heute von einem Meister von Rang bescheinigen lassen wollte, daß sie immer noch, zur rechten Stunde recht betrachtet, eine Frau von Qualität war. Das alte, efeuumsponnene Schloß auf der Taunushöhe, ein englischer Traum im deutschen Gebirge, fiel ihm ein. Dort sollte er jetzt eigentlich in der berühmten Halle, in der zwei Gainsboroughs hingen und der angezweifelte Roynolds, die Palette in der Hand, eifervoll vor der Staffelei stehen; sollte die schwierige Doppelaufgabe erfüllen, einer alternden Dame die Schönheit wiederzuschenken und eine schwerhörige Durchlaucht so gut zu unterhalten, daß der fatale Zug von Langeweile, ein Erbteil britischer Ahnen, ihr die müden Mundwinkel nicht niederzog und die Regelmäßigkeit dieser hochmütigen Züge nicht unleidlich machte.

Um ihn schwirrte das Gespräch, auf das er nicht achtete. Frieda Wachs aber, der die beneidenswerte Gabe eignete, gleichzeitig ihrem Mann Unangenehmes zu sagen und Gespräche vom Nebentisch aufmerksam und verständnisvoll mit anhören zu können, vernahm, während sie den Gatten auf zwei Soßenflecke auf dem Vorhemd mit spitzem Tadel aufmerksam machte, von einer scharfen berlinischen Frauenstimme, die von rechts herkam, das folgende:

„Wahrhaftig – das ist ja der Barrenthin, der dort sitzt! Wie kommt der exklusive Mann zu der Gesellschaft? Fescher Kerl immer noch! Freilich die fabelhaften Erfolge, die er bei Frauen gehabt haben soll – – – ich begreife sie nicht recht. Aber in Berlin sind die Frauen ja so blöd. Die zugereisten wenigstens – und die meisten von uns sind doch zugereist. Man hat übrigens erzählt, er sollte gerade die Kaiserin malen, als der schreckliche Krieg ausbrach ... Da ist er denn auch mitgegangen – obschon er doch längst aus dem Schneider war. Und, mein Gott, bei seinen Verbindungen hätte er sich wahrhaftig unauffällig in der edlen Schar der Drückeberger verlieren können. Ich kenne einen Kollegen von ihm, der dauernd ‚unabkömmlich' war, weil er in Potsdam die Pferde von einer alten Exzellenz malen sollte."

„Red' doch keinen Unsinn, geliebte Lilli!"

Eine ärgerliche Männerstimme äußerte gedämpft diesen verständigen Wunsch.

Aber die geliebte Lilli ließ sich nicht abhalten.

„Was denn? Ich habe ja keinen Namen genannt! Nomina sunt odol – oder wie das heißt. Übrigens, die hochgeborene Gattin dieser Exzellenz hat der Barrenthin auch gemalt. Das Bild hing im Jahre 12 oder war's 13 – es war der kühle Sommer, und ich erinnere mich, ich habe am ersten Mai noch den Pelz getragen –, da hing's im sogenannten Ehrensaal der ‚Großen Berliner'. Wo sonst nur die Heiligen, die alten Fritzen, die Salzmänner und die Gardegrafen sich an den Wänden langweilten und auf die Anerkennung von Majestät warteten. Eines seiner schönsten Bilder war das. Sogar Liebermann, der wahrhaftig mit seinem Lob nicht kleckert, soll, als er fluchtartig den Saal passierte, einen Augenblick stehen geblieben sein und gesagt haben ..."

„Siehste, sogar Max, der große Sezessioniste, der sich beim Lobgesang auf Kollegen noch keinen Stimmritzenkrampf zugezogen hat ..."

Eine andere weibliche Stimme, der man die Ungeduld anhörte, auch manchmal zu Worte zu kommen, ließ sich aufgeregt vernehmen:

„Na, überhaupt, da können die Hypermodernen lange von ‚Kitsch' reden, der Barrenthin weiß doch noch, Gott sei Dank, was eine schöne Frau ist!"

„Und was eine *war*. Alte Damen hat er gemalt – von einer Vornehmheit und Delikatesse..."

„Allerdings immer *Damen*. Und eine Würde, eine Höhe entfernte die Vertraulichkeit, so hätte der gute Schiller sich ausgedrückt. Immer Damen. Vollblutaristokratinnen."

„Aber nanu, nennst du die Jungfer der Gräfin Arnstein eine Vollblutaristokratin?"

Das war wieder die fatale Männerstimme, die, leider mit dem Schluckser kämpfend, diesen Zweifel äußerte.

„Natürlich das mußte ja kommen! Jawohl. Aber eine bewußte und sehr glückliche Entgleisung. Das ist sogar, unbestritten, eines seiner reizendsten Bilder geworden. Porträt und doch wieder Genre. Das blitzsaubere Zöfchen, das sich vor dem großen Spiegel den neuen Pariser Federhut der Gnädigen rasch mal aufprobiert. Also meine Freundin Minka, die doch alles weiß aus den hohen Kreisen – –"

„Weil sie trotz heftigster Bemühungen – schon in drei Ehen – nicht *hinein*gekommen ist in diese hohen Kreise."

„Du sollst wirklich mal den Atem ein Weilchen anhalten, mein lieber Artur, daß du erst den Schluckser los wirst, anstatt geistreich auf Kosten meiner besten Freundin zu sein. Also, was sag' ich euch, Minka weiß genau, wie die Sache sich zutrug. Der Barrenthin, erzählt Minka, kommt eines Tages um die gewohnte Teestunde, die Gräfin zu malen. *Wer* ist im Salon – – –?"

„Minka.“

„Entschuldigt nur, Kinder, mein Artur hat seinen witzigen Tag. Das ist verheerend. Es sind schon Leute abgereist deswegen. – Also die Hochgeborene war nicht da. Das neue Zöfchen, ein kottes süßes Blondinchen entschuldigt die Gnädige und räumt dabei einen Hut beiseite. Der Meister…“

„Meister? Du bist ja plötzlich eine Enthusiastin, Lilli?“

„Mein Gott, es ist mir so entschlüpft! Es werden übrigens wahrhaftig Leute, die weit weniger können, so betitelt. Sogar in der ‚Voß‘. Wenn sie Geburtstag haben und so.“

„Also dein Meister hatte Geburtstag und so?“

„Wenn er witzig wird, ist der Artur schrecklich, nicht? Also der Barrenthin sieht das Mädel – – entzückend muß sie ja gewesen sein, wenn er natürlich im Bilde auch ein bissel geflunkert hat. Er läßt sie den großen Federhut aufsetzen … und –“

„– malt sie – – Was hatten *Sie* gedacht?“

„– und verkauft das Bild für …zig-tausend Mark.“

„Damals war, ‚…zig‘ noch was, und die Mark war auch noch was.“

„Verkauft's an einen Sammler.“

„Der mal so arg einen Barrenthin haben mußte.“

„Ganz recht. Und den wir kennen. Ein Freund von Artur.“

„Ein Snob, dessen Frau – – also wie aus der Jahrmarktbude sag' ich euch. So das Genre: ‚Bitte, schießen Sie mal, meine Herren!‘ Also die hätte der Barrenthin *nie* gemalt! Sie malt sich übrigens jetzt selbst. Hast du neulich bei dem Festessen im Zoo nicht gesehen?“

„Ja, man kann gegen den Barrenthin und seine Art sagen was man will – –“

Es war wieder die andere Frauenstimme, die gehört sein wollte. „Gott, heutzutage ist einer, der *schöne* Menschen malt, ja überhaupt schon unten durch. Und nun gar schöne Frauen, an denen noch etwas Fleisch ist –. Heiliger Rubens, bitt' für uns! Aber das muß man wahrhaftig dem Barrenthin lassen – – –"

Frieda Wachs erfuhr leider nicht mehr, was diese trompetende Stimme an dem Berliner Tisch dem „Meister" titulierten Mann, der also Julius Barrenthin hieß, und an ihrem, Frieda Wachsens, Tische saß, unbedingt „lassen" mußte. Denn Hälbig imitierte gerade in einer eigentlich nur für Köppe und das artige Karlchen bestimmten Erzählung einen zweimal von ihm angeschossenen Seehund. Dieses aber tat er mit solcher Anstrengung und Naturtreue, daß nicht nur Frieda Wachs den Faden des Gesprächs, das ihr von rechts her neue Wissenschaft zutrug, rettungslos verlor, sondern daß der ganze Tisch und viele Umsitzende heftig erschraken.

„Man meint, man ist im Zoo!" sagte entrüstet die Mutter der schönen Tochter am Fenster. Ihr Dessertlöffel war ihr vor Schreck unter den Tisch gefallen. Ihr engsitzendes Kostüm erlaubte ihr leider nicht, sich zu bücken.

Julius war höflich aufgesprungen, hob das silberne Löffelchen auf und legte es mit einer knappen Verbeugung neben die Königinmutter.

Ein Kavalier ist er jedenfalls, dachte Frieda Wachs; und sie verglich diese chevalereske Liebenswürdigkeit gegen eine Unbekannte mit den kümmerlichen Manieren des Gatten, in dessen Nähe fallen konnte, was wollte. Wenn es nicht seine eigene Zigarre war, bückte er sich nicht. Freilich zum Bücken mußte man noch etwas elastisch sein.

Der „Meister“ titulierte Barrenthin – er war nach den Indiskretionen der Berlinerin doch schon in den Fünfzigern – hatte sich die schlanke Figur bewahrt und eine freie Elastizität der Bewegungen, die einem etwa Gleichaltrigen, wie Hälbig, der auf den Schollen gesessen hatte, nicht geblieben war. Und einem bequemen Philister, wie Wachs, der heimkehrend schon auf dem Korridor nach Schlafrock und Pantoffeln rief, schon gar nicht.

Ein erstaunter Blick aus Julius' braunen Augen traf sie.

„Gnädige Frau sind heiter gestimmt und denken an Freundliches?“

Sie war geschmeichelt, daß er sie anredete und sich über ihren Seelenzustand Gedanken machte. Und da ihr Fraueninstinkt ihr sagte, daß die Berliner Damen am Nebentisch sie jetzt sicher betrachteten und wahrscheinlich beneideten, so nickte sie äußerst schalkhaft. Sie sah dann den Fragenden, die Stirn senkend, von unten her an mit einem Blick, von dem sie sich schon in der Tanzstunde seligen Angedenkens Außergewöhnliches versprochen hatte, ohne daß dieses die Erfahrung je bestätigt hätte. Denn eigentlich war nur Reinhold Wachs auf diesen seelenvollen Blick hereingefallen. Und auch *der* erst, als er ganz sicher war, daß Frieda das Trikotagengeschäft in der Schiffergasse allein erbte.

„Wie soll ich nicht vergnügt sein“, sagte Frieda Wachs so schelmisch als es ihre Jahre irgend zuließen. „Der Abend ist so wonnig schön, die schreckliche Seefahrt liegt hinter uns wie ein düsteres Märchen, und –“ eine kleine Kunstpause durch erneuten Augenaufschlag bedeutungsvoll betont – „und ein sehr berühmter Mann erweist uns heute die Ehre, an unserem Tisch zu sitzen.“

„Nanu, nanu", beschwichtigte Hälbig, mit geräuschvollem Lachen die Feierliche. Denn er bezog geschmeichelt diese Phrase auf sich und auf den Ruhm jener Expedition vor zehn Jahren, deren wissenschaftliche Resultate leider recht geringe gewesen waren; die aber immerhin durch gute Photographien in den illustrierten Blättern sowie durch populäre Vorträge und Feuilletons des begüterten Expeditionschefs einiges Ansehen gewann.

In diesem Augenblick erschien Herr Boß, der Besitzer dieses gastlichen Hauses. Ein hagerer gereckter Mann, in den hohen Fünfzigern, ging er, nach allen Seiten verbindlich grüßend, durch die Reihen der weißen Tische. Sein lebhaftes Auge unter den buschigen Brauen schien jemanden zu suchen. Jetzt hatte es Julius Barrenthin gefunden. Dieser beugte sich gerade mit etwas geniertem Lächeln immer mehr über den Tisch, um dadurch vielleicht Frieda Wachs zu veranlassen, endlich etwas leiser zu sprechen und etwas diskreter seinen Ruhm zu verkünden.

Diese Frau muß glauben, ich sei schwerhörig! Warum um Gottes willen schreit sie sonst so? dachte er ärgerlich.

In diesem Augenblick legte Herr Boß die kräftige Hand schwer auf Barrenthins Schulter und sich niederbeugend zu dem Überraschten sagte er mit gönnerhaftem Schmunzeln: „Wir haben's geschafft, verehrter Herr Barrenthin! Sie bekommen doch noch das geräumige Zimmer nach vorn. Die Baronin, zunächst sehr ungehalten, hat, als sie *Ihren* Namen hörte, sauersüß eingewilligt."

„Sehr gütig, Herr Boß, Sie haben sich aber hoffentlich meinetwegen keine Unannehmlichkeiten gemacht? Und die Dame – –"

„Die Dame hat nur die *eine* Bedingung gestellt, daß Sie mit ihr bekannt gemacht werden. Sie hätten schon in ihrer Familie porträtiert, sagte sie. Eine Freiin von Kattenberg hätten Sie gemalt, eine geborene Gräfin Turneck oder so."

„Urnick – – – Gräfin Urnick, ja die habe ich allerdings –" – aus irgend welchem Grunde schien Julius die Erinnerung nicht angenehm.

„Aber bitte, Herr Boß – –" Er war aufgestanden, um sich mit dem Stehenden besser unterhalten zu können. „Wie heißt die Dame selbst, die so freundlich sein will, ihr Seezimmer mir abzutreten? Es ist mir jetzt peinlich, – – denn zunächst handelt es sich doch nur um eine Nacht."

„Es ist eine Baronin von Kattenberg und Tochter Cornelie."

„Ach herrjeh!" –

Das klang nicht sehr erfreut. Julius empfand das selbst peinlich, daß ihm dieser Ausruf entschlüpft war. Er lenkte deshalb sofort ab.

„Wunderhübsch haben Sie's hier, Herr Boß! Ich habe schon in manchem schönen Speisesaal in großen Weltbädern zu Abend gegessen, aber Ihrer kann sich daneben schon sehen lassen."

„Es wird Ihnen bei uns schon gefallen", schmunzelte der Wirt. „Heute hätten wir zum Beispiel einen fabelhaften Sonnenuntergang – leider kommen Sie zu spät, wenn Sie jetzt noch nach dem Strande …" Herr Boß, verbeugte sich, als er dies äußerte, mit leichter Anmut, als ob der Sonnenuntergang sein persönliches Arrangement sei. „Die Saison ist auch gut. Man soll's nicht glauben. Alle Welt stöhnt, sie hat kein Geld. Aber schließlich reist doch alles. Mein Haus ist voll bis unters Dach. Ich könnte wahrhaftig die doppelte Anzahl Betten haben. Ja aber, das macht der Ruf des Hauses, nicht war? Erstes Prinzip: Man soll sich wohl fühlen bei mir. Kein Geld klimpern hören. Mehr sich als Besuch empfinden, als Gast unter Freunden, verstehen Sie?"

„Wenn das nur einer nicht zu wörtlich nimmt!"

„Aber nein, man sieht sich doch seine Leute an und hat gottlob auch die Möglichkeit."

„Prüfet alles und das Beste behaltet!"

Frieda Wachs, die gut zuhörte, während sie dem Gatten laut die Leviten las, lachte geschmeichelt. *Sie* waren ja *auch* hier behalten worden. Gehörten also offenbar zum Besten. Das tat wohl.

Julius fragte ziemlich unvermittelt: „Sind meine Koffer angekommen?"

„Leider noch nicht, Herr Barrenthin. Aber beunruhigen Sie sich durchaus nicht! Das kommt öfter vor bei der Menge der Gepäckstücke, die das Schiff in Rostock einladen muß, daß einiges einfach liegen bleibt und erst am nächsten Morgen ... aber die Umladung ist todsicher und gestohlen wird hier nichts. Das ist der Ruhm der Küste."

Während, daran anknüpfend, Herr Boß vergleichsweise das Schicksal anderer Gepäckstücke erzählte, – darunter eines interessanten Rohrplattenkoffers, in dem eine fabelhaft schöne Australierin leichtsinnigerweise echte indische Perlen im Werte von drei Millionen Pfund samt ihrem ganzen Reisegeld zwischen schmutzige Wäsche gepackt hatte, – überdachte Julius die schreckliche Möglichkeit, daß sein Gepäck vielleicht *doch* nicht ankommen könnte.

Gewohnt, sich gut und korrekt zu kleiden, hatte er zwar für die Reise selbst einen älteren Anzug gewählt.

Aber in seinen großen Schiffskoffer, der schon viele weite Reisen mit ihm gemacht, hatte er diesmal das allerbeste eingepackt, das sein Garderobenschrank hergab. Denn dieses ungewöhnliche Rendezvous an der Ostsee, das seine Pulse rascher schlagen ließ, schien es zu fordern, daß er, wenn auch nicht gerade als Gent, so doch als eleganter Mann der Erwarteten entgegentrat. Er hatte neulich erst wieder mal, in Hebbels Tagebüchern lesend, die er als Fundgrube der geistigen Anregungen mehr liebte, als die kalten Tragödien, die gute Bemerkung aus dem Alltag gefunden: „Das Kleid weist dem Menschen überall seine Stelle an. Bei denen oft am ersten, die es am schärfsten bestreiten." Und weiter hatte er gelesen: Das möge kleinlich scheinen, sei es aber keineswegs. Und der große Dichter habe in Heidelberg auf die Frage, wie er sich befinde, einmal bestimmt und ohne witzig sein zu wollen, geantwortet: „Wie meine Hose!" ... Das entsprach auch seiner Auffassung und Erfahrung; und so hatte er sich ein paar gute Anzüge, ein paar in der Farbe dazu abgestimmte Krawatten und tadellose leichte Sommerwäsche mitgenommen. Eine gute Aufmachung, deren Wert er als Maler nicht unterschätzte, sollte den ersten Eindruck unaufdringlich beeinflussen, den Ursel von ihm haben würde.

Sie war gewiß elegante, reiche Amerikaner zu sehen gewohnt. Sehnige Sportfiguren, kräftige Männer, die das gesunde Leben in der frischen Luft nicht altern ließ. Ein wenig bedrückte ihn die unbestimmte Furcht, daß sie sich den sie hier Erwartenden jünger, elastischer, eleganter vorstellen könnte, als er war. Daß Eindrücke aus der ersten Jugend vielleicht doch haften geblieben waren und die Erwartung färben und in falscher Richtung bestimmen könnten. Und er erschrak bei dem

Gedanken, daß sich in dem hübschen Gesichtchen – hübsch mußte sie sein; die Mutter war so schön gewesen, und sie selbst, das blonde Urselchen, war damals ein freundliches, reizendes Kind – daß sich in ihren Zügen herbe Enttäuschung malen könnte, wenn sie mit offenen Armen auf ihn zuging und …

Mit offenen Armen?

Würde sie wirklich – nach so langen Jahren, nach all dem …

„Das sind noch ein paar Bilder aus der Zeit, da ich bei Ihrem Herrn Schwiegervater …“ Herr Boß machte den vergeblichen Versuch, den „Herrn Schwiegervater“ reumütig wieder zurückzuschlucken. Ihm fiel zu spät ein, daß er da vielleicht eine wunde Stelle in Julius' Brust berührte. Die Ehe war doch auseinandergegangen, und der verwöhnte Meister war vielleicht nicht gern daran erinnert, daß er vor zwanzig Jahren – solange mußte das doch her sein –, mal die hübsche Tochter eines kleinen Photographen, mit dem es rasch und unbequem abwärts ging, geheiratet hatte, um sich bald wieder von der unvergeßlich schönen Frau zu trennen. Mit den Bildern aber aus der Zeit, da er, Boß, „erste Kraft“ im Atelier des alten Rinck gewesen war, hatte er jetzt die hübschgerahmten Photographien gemeint, die sich dort an den Hinterwänden des schmukken Eßsälchens zu einer Art Galerie aufbauten. Meist künstlerisch gehaltene Porträtköpfe der Kunst und Wissenschaft, deren Ruhm heute zum Teil schon stark im Verblassen war. Der Riese Dingelstedt, der römische Mommsen mit der weißen Mähne, Spielhagen, der so aristokratische Feind der Aristokratie, der gütige, alte Fontane, Paul Heyse in bewußter schöner Männlichkeit, Friedrich Haase als Gutzkowscher Königsleutnant, Possart als tückischer Shylock, der junge Kainz im Samtwams des Romeo, Stettenheim-Wippchen mit dem mokanten Lächeln und Heinrich Grünfeld, ein Anekdötchen in den lachenden Augen, den Bogen auf das wohltätige Cello gelegt.

Die charakteristischen Köpfe waren leicht aus der Entfernung zu erkennen und brachten eine kräftige Berliner Note in dieses von den warmen Düften einer guten Küche erfüllte Sälchen, in dessen breite Fenster die in tiefem Altgold untergehende Sonne ihre letzten blitzenden Speere durch Büsche und Fichtenstämme warf.

„Malen Sie selbst gar nicht mehr, Herr Boß?“ fragte jetzt Julius.

Aber seine Gedanken waren nicht bei dem wunderlichen Mann, der, wie er wußte, halb Sportsmann, halb Künstler, in der Reichshauptstadt als Photograph begonnen, in Italien als Maler und Kopist Hoffnungweckendes geleistet, in Holland als Sammler sich betätigt und schließlich hier an der Ostsee im nahrhaften Gastwirtgewerbe soviel Ruhe gefunden hatte, als drei Monate Saison für neun Monate Winterschlaf übrig lassen.

Julius’ Gedanken liefen weit zurück ins Festland, weit zurück in eine alte, vergangene Zeit. Sie suchten den alten braven Rinck, der, die Stahlbrille hoch auf die gefurchte Stirn gerückt, hoch oben in seinem Atelier in der Mauerstraße, mit Genießerfreude die eben entwickelten Platten gegen das grelle Licht hielt, und sich nicht sattsehen konnte an den listig darauf gefangenen berühmten Zeitgenossen. Die hatte er in höflichem Brief eingeladen, sich bei ihm aufnehmen zu lassen. Die typte und retuschierte er; die vergrößerte er und steckte sie in kunstvolle, eigens erfundene Rahmen, ohne daß er irgendeinen Vorteil davon hatte, und ohne daß deswegen ein zahlender Kunde *mehr* die fünf steilen Treppen im Hinterhaus der Mauerstraße stieg oder ein Nabob auf den hübschen Einfall kam, sich diese Elitekollektion des Ruhmes der Zeit als wertvolles Mappenwerk zu bestellen. Mitten unter diesen tafelnden und plaudernden Menschen, denen die seltensten Steine an Hals und Händen blitzten, kam der alte Rinck aus weiter Ferne auf Julius zu. In seinen abgetragenen und zerbeulten Hosen und seinem spiegelnden Samtröckchen. Der gute alte Idealist mit dem weißen Spitzbart, mit den kindlichen hellblauen Augen unter der faltenlos klaren Stirn, mit dem immer gleich freundlichen Lächeln, das den Kunden empfing, den Freund zur Mitfreude ermunterte und den Gläubiger vertröstete. Und Julius erwog in dankbewegter Erinnerung an diesen guten alten Mann, ob eine Ähnlichkeit mit seinen freundlichen Mienen, eine Erinnerung an seine blauen Träumeraugen, seinen unausrottbaren Idealismus sich eingeschlichen habe in das Köpfchen der Enkelin; in das Gesichtchen, unter dessen Kinn er selbst jetzt bald hier am Strande seine Hand legen wollte, um sie klopfenden Herzens zu fragen: „Ursel, bist du enttäuscht? Hast du dir ihn so oder anders gedacht, deinen leichtsinnigen, schlechten Vater?"…

„Ihre Frau Schwester kommt selten aus ihrem Waldhäuschen heraus. Ich sehe sie eigentlich gar nicht mehr!" Das waren die ersten Worte des Wirtes, die Julius wieder deutlich hörte. Das Wort „Schwester" weckte ihn aus seinen Träumen, die er eine gute Weile wohl hingesponnen haben mochte.

Ein paar Tische links und rechts hatten sich mittlerweile geleert; und die gutgeschulten Serviermädchen in den hohen Häubchen und blitzblanken Schürzen nahmen geräuschlos die letzten Teller und Bestecke weg.

„Meine Schwester – ja. Ich habe ihr absichtlich den Tag meiner Ankunft gar nicht geschrieben. Sonst wäre sie mir am Ende nach Warnemünde oder Rostock entgegengefahren ... Und, lieber Gott, die Rüstigste – man merkt das schon ein wenig aus ihren Briefen, obschon sie nie klagt, klagen liegt ihr nicht – die Rüstigste ist sie halt auch nicht mehr."

„Frau Kapitän Thomsen muß ja auch wesentlich älter sein als Sie, Herr Barrenthin, nicht wahr?"

„So siebzehn Jährchen; das macht schon was aus. Mein Vater war zweimal verheiratet. Aber wir Halbgeschwister haben eigentlich nie gemerkt und nie empfunden, daß wir nicht dieselbe Mutter hatten. Meine Schwester hat die ihre kaum gekannt. Und als dann die meinige kurz nach meiner Geburt ihre guten Augen schloß, rückte still die Schwester Beate in die Stelle des sorgenden Mütterchens ein. Und wenn ich so in meinen traulichsten Erinnerungsstunden an sie denke – ich weiß manchmal gar nicht, ob ich sie mehr als junges Mütterchen oder mehr als die stattliche Schwester empfinde, die damals wirklich ein hübsches, junges Mädel gewesen sein muß. Das kam mir ja aber auch erst viel später zum Bewußtsein. Als junger Bursche – und gar noch als Bruder – hat man für so was kein Auge."

„*Sie* sollten einmal nicht die Augen gehabt haben für Frauenschönheit, Herr Barrenthin?" Boß lächelte ungläubig. „Sie, der Sie in den letzten zwanzig Jahren die schönsten, elegantesten Weiber Deutschlands – was sag' ich, Mitteleuropas – gemalt haben, sollten als junger Mensch – –?"

„Ich will Ihnen was sagen, Herr Boß! Als Quintaner habe ich tatsächlich mit Stilleben begonnen. Mein Wasserglas mit der Zahnbürste drin und eine alte, leere, vierkantige Schnapsflasche, Danziger Goldwasser, haben als ‚Modell‘ eine große Rolle gespielt. Später kamen Pferde dran. Nichts weniger als Vollblut. Droschkenpferde, vom Halteplatz vor unserem Haus. Dann Blumenstücke. Die Vorliebe dauerte eine Weile; und da war wohl schon ein bißchen Talent drin. Es gab Leute, die glaubten und hofften, ich würde mein ganzes Leben lang Gänseblümchen, Flieder und Goldregen malen und flammende Tulpen in hohen venezianischen Gläsern. Zu allerletzt erst – da hatt' ich schon die Akademie passiert – kamen die Frauen."

„Frau Kapitän Thomsen soll ja ein paar ganz wundervolle Frauenporträts von Ihnen haben. Gegen Ende der letzten Saison, als wir hier schon ein bißchen froren, war ein Malerprofessor hier – wie hieß der Mann nur? – der hat sie extra deshalb besucht, Ihre Frau Schwester. Am Abend kam er ganz begeistert zurück. Die Stücke gehörten in ein Museum, hat er gesagt. Man müsse Berlin, München oder Dresden darauf aufmerksam machen."

„*Die* drei Bilder – in ein Museum?" Mit einem ganz merkwürdigen Lächeln sah Julius hinaus in die Ferne. Es lag jetzt nur noch ein matter Glanz zwischen den Stämmen des Waldgürtels, der Strand und Meer von dem Badeort trennt. Der Ober schaltete schon auf den Tischen das Licht der kleinen Lampen an. Nach einer Weile fuhr Julius langsam fort. „Sie wird die Bilder nicht herausgeben, meine Schwester, wie ich sie kenne. Niemals. Und sie tut ganz recht daran. Übrigens – eigentlich gehören sie ihr gar nicht. Ich habe sie ihr nur – wenn man so will – in Pension gegeben. Ja, warum gibt man Bilder her, die man nicht verkaufen will und die man auch – nicht täglich sehen mag?"

Frieda Wachs, verletzt durch die Sorglosigkeit, mit der Julius im Gespräch mit dem Wirt ihre interessante Gegenwart ganz vergessen hatte, gab dem Gatten einen sanften Rippenstoß. „Wir stehen auf, Wachs! Was sollen wir noch hier?"

„Opa, wir wollen an den Strand gehen und wollen Krebse fangen", schlug das artige Karlchen begeistert vor, und kletterte flink vom Stuhl.

„Die Krebse schlafen jetzt", belehrte Köppe den Enkel.

„Och", sagte das Karlchen verblüfft und in seinem Gehirnchen arbeitete der Gedanke, daß schlafende Krebse eigentlich noch leichter zu fangen sein müßten, als wache. Aber ehe er diesem vielleicht nicht ganz unrichtigen Gedanken den passenden Ausdruck gefunden, verließ der Großvater das interessante Gebiet der Naturwissenschaften und fuhr auf anderem Wege in der Belehrung fort: „Und du, Karlchen, bist zwar kein Krebs, sondern bloß eine infame, kleine Krabbe, aber du gehst jetzt *auch* schlafen!"

„Kommen Sie nicht noch ein bißchen mit an den Strand? Da sollten Sie sich was für Ihre Kunst abgucken. Soll so kurz nach Sonnenuntergang noch großartige Beleuchtung geben an der Ostsee. ‚Motive' nennt man das ja wohl, nicht wahr?"

„Beleuchtungen" – Frieda Wachs fuhr erfreut auf und unterbrach den Gatten. „Bengalische Beleuchtungen mit Feuerrädern und griechischem Feuer?"

„Aber blöd', Frieda – Beleuchtungen, so – nur so vom Himmel aus, von der Natur!" Und Reinhold Wachs, den es nach Alleinsein mit seiner Gattin bei Beleuchtungen „so vom Himmel aus" nicht drängte, tat an Julius herantretend diesen Vorschlag, der zugleich sein tieferes Interesse an der Malerei erweisen sollte: „Kommen Sie mit, verehrter Herr Barrenthin? Wir wollen die Beleuchtungen ansehen.“

Julius aber lehnte höflich ab. Er habe noch Briefe zu schreiben, sagte er.

„Ein großes Tanzlokal ist auch hier, hat man mir gesagt. Zwischen hier und der See im Wald. Ein bißchen primitiv, aber …“ Hälbig blies heftig die Luft durch die Nase. „Also, sogar Toiletten soll man da sehen – Toiletten, die schon gar keine mehr sind. Und Beinchen und sogenannte Tänze, wo von den Cowboys stammen und von den Siouxindianern und so. Also wissen Sie, ich habe mal – so am Anfang unserer Expedition, als wir mit den Sternen und den Eisbären noch nicht ganz allein waren – da habe ich doch mal ein Eskimofest mitgemacht. Eine ganz wilde Sache, sage ich Ihnen! Und da gab es schließlich auch so etwas wie einen Nationaltanz. Und es hat furchtbar nach Tran gerochen dazu. Wenn ich gut aufgelegt bin, verstehen Sie, und die Gesellschaft ist danach, dann…“

„Dann riechen Sie auch nach Tran?“ fragte Wachs.

„Nenee. Dann werde ich mal so einen Tanz vormachen. Also da werden Se staunen! Staunen werden Se! Herrgott, wenn ich nur Luft durch die verdammte Nase bekäme!“

Julius war auf den Eskimotanz des Herrn Hälbig nicht sehr begierig; und Lokale, wie er sich das von dem schnüffelnden Polarfahrer erstrebte dachte, waren ihm aus anderen Bädern und Weltstädten auch nicht ganz fremd. Er erklärte deshalb höflich, daß er sich leider für heute die Freude versagen müsse, in dem genannten Lokal zu warten, ob Herr Hälbig in Eskimostimmung komme. Ein andermal werde ihm aber diese gewiß künstlerisch wie kulturgeschichtlich gleich wertvolle Darbietung sicherlich sehr interessieren.

Die Herrschaften entfernten sich etwas verstimmt und ärgerlich beratend, was sie ohne den Meister, von dessen Teilnahme sie sich Besonderes versprochen haben mochten, an dem Rest dieses angebrochenen Abends Angenehmes und Unterhaltsames vornehmen könnten. In eine Kneipe könnte man gehen. In eine „Bauernhaus“ genannte Weinstube, dicht am Meer, wo geradezu Milieu zu sehen sein sollte. Auch das gemütliche, kleine Café Lentz wurde erwogen. Ja, und dann sollte irgendwo in einem Hotel nachts ein bißchen gejeut werden. Ein Damenimitator hatte seine scherzhafte Kunst angezeigt. Eine Kegelmöglichkeit sollte auch irgendwo vorhanden sein. Und schließlich – Frau Wachs machte die Unentschlossenen darauf aufmerksam – schließlich war auch die allerlei bemerkenswerten Abendstimmungen unterworfene See noch da, die man vielleicht ein bißchen betrachten konnte.

„Also das wird Sie gewiß interessieren, Herr Barrenthin“, sagte Boß zu Julius, den er langsam, vertraulich den Arm in den des Künstlers legend, durch den Korridor zum Ausgang begleitete. „Wir haben jetzt hier auch einen richtigen Gemäldesalon. Ein Herr Markus Goldenstern – unter uns, ein pfiffiger kleiner Hebräer –“

„Ach, nee?“

„Wie? – Ja, wenn ich Ihnen sage, der hat hier einen Salon aufgemacht. Neben furchtbarem Kitsch für die Zimmerflucht der nouveaux riches bestimmt, ein paar wirklich gute Sachen. Dazu das üblich Gangbare. Gott, Sie können sich ja denken, Grütznersche Mönche, Gabriel Maxsche Affen aus dem Nachlaß – es gibt Maler, die scheinen nie fleißiger zu sein, als wenn sie gestorben sind – Hengelersche Putten, famose Sächelchen von Kampf, Mack, Leo Putz, Hodler ...“

„Na, so etwas wie den Ehrgeiz einer bestimmten Richtung scheint der Salon Goldenstern ja nicht zu haben!“

„Richtung – Gott sei dank: nein. Was soll der Goldenstern auch mit einer Richtung machen? Der Mann will verkaufen! Sehen Sie sich morgen unser Publikum an am Strand. Da sind auch alle Richtungen vertreten. Vom unverkennbaren Leutnant von Anno vierzehn, der das Eiserne Kreuz Erster Klasse auf dem gewendeten Sakko trägt und das zerschossene Bein schleppt, bis zum schwarzhaarigen Holzhändler tief aus Podolien, der den Fresserbauch kaum mehr in die weißen Hosen ’rein kriegt. Vom finsterblickenden Hakenkreuz bis zum lispelnden Zionismus. Vom dunkellockigen internationalen Schieber bis zum strohblonden pommerischen Uradel. Alles. Und Frauen – schöne, schöne Frauen! Blonde, schwarze, echte und gefärbte, schöne Frauen. Sogar solche, die es auch im Badekostüm vor Maleraugen bleiben, das will doch, weiß Gott, was sagen!“

„Ich freue mich auf den Strand und sein Leben. Ob ich freilich morgen schon ...“

„Also eine – wissen Sie, *eine* wartet schon auf Sie. Das kann ich Ihnen verraten.“

Julius runzelte die Stirn. Er kannte dieses Erwartetwerden, dessen Verkünder so oft ein Portier oder Hotelwirt in fremden Städten war, und liebte diese Art Überraschungen keineswegs.

„Der Goldenstern hat nämlich eine Tochter.“

„Ach so. Schöne, rassige Jüdin, was?“

„Nein, das kann man nun nicht sagen. Wenig glückliche Figur, kein sauberer Teint, etwas mürrisch im Gesicht, als ob sie immerzu an ihre hohe Schulter dächte.“

„Donnerwetter, das muß ja ein Ausbund an Anmut sein!“

„Aber sehen Sie, Sie müssen den Vater hören. Reden lassen müssen Sie den Vater über das Kind. Rahel, Judith, Ruth, Debora, alles, was in der Geschichte der Rasse einen Namen hat, sieht er glorreich vereinigt in dieser schiefen kleinen Person. Und er ist außer sich ...“

„... daß es die anderen nicht sehen?“

„Richtig. Daß niemand dieses Juwel erkennt. Was sich auch darin ausdrückt, daß Alice keinen Mann bekommt. Als ich ihm nun – er kommt viel ins Hotel und sucht und besucht Kunden – als ich ihm nun Ihre Karte zeigte, auf der *Sie* nach einem Zimmer fragten, war der Mann doch ganz außer sich vor Freude. ‚Der muß meine Alice malen! Der hat den Blick für das wundervoll Rassige in dem Kind. Der öffnet den Blinden die Augen, die nicht sehen wollen, daß hier ein Wunder des Ostens gebildet ist...!‘ Sonst wirklich ein ganz gescheiter Mensch, aber in *dem* Punkte ein kompletter Narr. Er lebt, handelt, verdient nur für die Tochter. Der zahlt Ihnen, was Sie verlangen, wenn Sie ihm das Kind ...“

„Es muß schön sein, so ganz für ein Kind zu leben, das man liebt“, sagte Julius ruhig ablenkend.

Boß, der eine kühle, ablehnende oder spöttische Bemerkung erwartet hatte, sah ihn etwas unsicher von der Seite an. Dann fragte er nach einer Weile: „Sie selbst haben keine Kinder, Herr Barrenthin?“

„Ich – Kinder? – ja und nein“, Julius lächelte melancholisch. „Ich werde Ihnen die Frage in ein paar Tagen besser beantworten können.“

Im Gesicht des Herrn Boß malte sich unverhülltes Staunen. Daß ein vernünftiger Mensch im Moment nicht sagen konnte, ob er Kinder habe oder nicht, das war ihm, der in seinem Gewerbe schon Narren aller Sorten erlebt hatte, eigentlich noch nicht vorgekommen.

„Und nun, mein lieber Herr Boß, danke ich Ihnen für Ihre sehr freundlichen Bemühungen um meine gute Unterkunft. Ich bitte Sie nur, durch Ihr übrigens vorzüglich geschultes Personal mir möglichst rasch meine Koffer beschaffen zu lassen. So! Und nun möchte ich noch einen kleinen stillen Abendgang an den Strand tun. Ein Wiedersehen mit dem Meere feiern. Man kommt aus dem Binnenland – und doch! Auch Heinrich Heine kam ja aus dem Binnenland und fand den wundervollen Gruß – – Thalatta, Thalatta, sei mir gegrüßt du ewiges Meer!"

Und der Wirt des Strandhotels, der ein Künstler war, und, wenn er nicht gerade seufzend „Saison" spielte, seinen Heine las, reckte sich und fuhr mit kräftiger Betonung fort: „Sei mir gegrüßt zehntausendmal – aus jauchzendem Herzen; – wie einst dich begrüßten zehntausend Griechenherzen – unglückbekämpfende, heimatverlangende – weltberühmte Griechenherzen!"

„Also wir verstehen uns, Herr Boß! So ein bißchen Gottesdienst vor dem Einschlafen, nicht wahr?"

Julius schritt den nahen Dünen zu.

Ein paar Kinder in hellen Kleidern spielten noch Ball am Wildgatter.

Beim Durchschreiten des Holztores, das in die Tempeldämmerung des abendlichen Waldes führte, las sein gleitender Blick flüchtig die an einem Brett angehefteten Anpreisungen von Friseur, Schneider, Putzsalon und Tanzdiele … All so was gab's hier auch, obschon das Ostseebädchen, soviel er bis jetzt davon gesehen, einen so stillen, bescheidenen, soliden Eindruck machte. Wie unbelebt, wie weltfern schon dieser Waldweg zum

Strande, der über kleine Hügel führte, auf weichem, moosigem Boden! Kein Hotel, keine Villa direkt am Meer. Einzig das Häuschen seiner Schwester lag da, das wußte er aus ihren Briefen und aus gesandten Bildchen, vorgeschoben an den Waldrand; so daß sie als die Einzige im ganzen Ort aus ihren Fenstern über die weite Wasserfläche sehen konnte. Linker Hand, wo die helleren Buchen die dunklen Tannen freundlich unterbrachen, mußte das Häuschen liegen ...

Aber zunächst wollte er den direkten Weg zum Meer, zum Meer!

Nein, wie einsam es hier war – um diese Zeit! Wo blieben die Rehe, die über den Weg flitzten – wahrhaftig, die fehlten nur noch.

Und plötzlich fiel ihm ein, daß er heute vor acht Tagen genau – auf Sylt angekommen war. Zum zweitenmal in seinem Leben auf Sylt. Daß er genau um diese Abendstunde heute vor acht Tagen den Westerländer Strand entlang geschlendert war, an den weiß leuchtenden Strandhallen vorbei, hinunter zu den Bädern. Und das ganze neue, reiche, verwirrende Leben des Weltbades der Nordsee hatte ihn in bunter Fülle umbrandet.

Aus den großen Glaskugeln über den Strandanlagen fiel das elektrische Licht grell und reich über all die genüßlich Lustwandelnden, die ein opulentes Abendbrot hinter sich hatten. Lachen, Geplauder, der Fetzen eines Modeliedes – das summte und surrte durcheinander. Die Terrassen entlang und über die große Treppe, die zur unteren Plattform führte. Die Musikkapelle stand wie eine weiße Riesenmuschel aufrecht und deckte für einen Augenblick dem Schreitenden die Aussicht über die Balustrade aufs Meer. Doppelt kam seinen

Augen das Wunderliche dieses Sommerfaschings zum Bewußtsein, der hier ungezählte Verkleidete in ihren sorglos gespielten Rollen bunt durcheinander zu treiben schien. Viele schöne Abendkleider, vornehmer und pseudovornehmer Damen, Smokings dazu. Die mondänen Gäste der großen Hotels. Unermüdliche Gesellschaftsmenschen, für die eine Promenade unter den ewigen Sternen noch lange nicht das Ende der Vergnügungen dieses Tages bedeutete. Leuchtende Wolljacken, bunte Herrenwesten mit Ärmeln, wie sie ehemals die Hausknechte in Schweizer Hotels trugen, und wie sie heute den letzten Schick des Kavaliers darstellen. Dann wieder weite Nankinghosen, breite englische Kappen, genialische Schillerkragen, durch die sich putzige Männchen mit Dutzendgesichtern und Dutzendempfindungen in dämonische Künstlernaturen zu verwandeln glauben. Eine falsche Spanierin, den bestickten Seidenschal Sevillas um die Büste geschlungen, zwei glutrote Nelken im schwarzen Haarknoten, sprach unverfälschtes Offenbacher Deutsch mit einem semmelblonden Herrn. Der aber betrachtete wohlgefällig durchs Monokel seine lilafarbenen Seidensokken, die seine großen Schritte zwischen dem weißen Strandschuh und der hochgekrempelten Hose leuchten ließen. Ein hübsches Blondinchen im geblümten Dirndlkostüm, das an dieser flachen weißen Küste so deplaciert war wie nur irgend möglich, ging am Arme eines bekneiferten Jünglings. Der ließ, die Hände tief im schlecht geschnittenen Sakko vergraben, den Wind durch die zurückgestrichenen Haare und über die kaum geheilten schmalen Schlägernarben wehen. Ein Mischduft von Puder, Parfüm, Frauenschultern und russischen Zigaretten zog in leichten Wölkchen flüchtig vorüber. Dann blies wieder der herbe würzige Atem des Meeres, dessen gleichmäßiger Wellengang zuweilen all das Plaudern, Disputieren und Lachen trotzig überrauschte.

Nur jetzt unter diesen Larven kein bekanntes Gesicht sehen! Keinem begegnen, der von Ausstellungen in München, von Berliner Premieren das Neueste wußte! Von vergeblichen Siegen, von gefallenen Helden, von aufgezwungenem Elendsfrieden, tausendmal gehörte Leitartikelsätze zornig nachgesprochen. Nur allein sein unter diesen lachenden Sklaven des Amüsements, diesen leichtsinnigen Vasallen der Eitelkeit! Keinen berühmten Namen hören, keine Gespräche über Verlorenes, keine Mutmaßungen über Zukünftiges, keine Frage nach Plänen und Hoffnungen des eigenen Herzens!

Ganz weit hinaus war Julius gegangen, wo die glatten Steine des Kais längst aufgehört hatten und das spärliche dünne Gras auf langen Halmen wehend die Schuhe fegte. Der weiche, weiße Sand tat den federnden Sohlen wohl. Verlassene Strandkörbe, mit Fähnchen geschmückt, grüßten herüber, wie ein in Eile verlassenes Lager; und die heranrollende Flut riß da und dort schon die sandigen Mauern ein. Grau und trotzig geblockt – wie alte Trutzburgen – lagen die Bäder da. Nur ein paar gelbe Lichter klebten, wie kleine Leuchtkäfer aufblitzend, an dem dunklen Gebälk. Hier hörte man die Musik nicht mehr und der saubere Wind strich von Dänemarks Küste her lebhafter und frischer durch die Kleider …

Wie seltsam, daß ihm jetzt das bunte Abendbild von der Nordsee so deutlich vor Augen stand!

Aber nein, das war's. Damals war's wohl schon die große Sehnsucht in ihm, dem Vielbeneideten, der, raunten die anderen, gelebt, geliebt und genossen hatte, wie wenige; – war das Gefühl des Alleinseins, das ihm in ganzer Schwere auf die müde Seele gefallen. Das Bewußtsein, daß er so viele, viele Menschen kannte, mit so vielen am Tage Worte, Gesten, Grüße, Höflichkeiten tauschte, und daß er doch niemanden hatte, keine Geliebte mehr, keine Gattin, kein Kind – niemanden mehr, dem er sein Herz öffnen konnte, wenn es Abend wurde.

Und dann plötzlich die sich wie Zwangsbefehl herrisch meldende Gewißheit: Hier darf sie nicht stattfinden, die erste Wiederbegegnung zwischen Vater und Kind! Zwischen dem durch ein reiches Leben gepeitschten Vater und der eben erblühten Tochter. *Hier nicht*, wo Weltlust, Amüsement, Reichtum, Snobismus einen flüchtigen Sommerkarneval vorschoben an die zeitlose, nie besiegte Majestät des ewigen Meeres.

Da hatte er sich erinnert: Drüben an der Ostsee lebt in einsamem Häuschen, alte Erinnerungen in Treue hütend, die verwitwete Schwester. Dort an der stilleren, schlichteren Küste hatte der Freund aus Jugendtagen sich seine Zuflucht gebaut, sein „Ithaka" genanntes Häuschen, das Julius nur von kleinen Kartenbildern kannte.

Wie konnte er's vergessen: Dort lebten noch Menschen, die die Sprache seiner Jugend in der Dialektfärbung seines Elternhauses sprachen; deren Gesichter sich erhellten, wenn er kam, die sich mit ihm freuen würden; die er teilnehmen lassen durfte an einem neuen Glück.

Und so telegraphierte er, rasch entschlossen, noch am selben Abend, unter der Adresse des Dampfers, der sein Kind in diesen Tagen herüberbringen sollte, von Westersand nach Southampton, an Ursel: „Erwarte Dich an der Ostsee bei Tante Beate. Papa."

Einen Augenblick erschien's ihm wunderlich, dem Kind gleich wieder von Hamburg aus die Reise nach der Ostsee zuzumuten. Aber das „Kind“ war ja kein deutscher Backfisch. War eine neunzehnjährige Amerikanerin, die im Sattel und im Kanu gesessen; die schon allein, das wußte er aus ihren Briefen, ganz andere Strecken in öderen, gefährlicheren, wilderen Gegenden gefahren war. Die paar Schnellzugstunden, das bißchen Umsteigen bedeuteten gewiß nicht viel. Und dafür nachher das Wiedersehen unter weit schöneren Umständen in dieser für die leise Sentimentalität solchen Begegnens weit geeigneteren, stilleren Umgebung! Und – sagte der deutsche Pedant in ihm, der sich auch zuzeiten meldete, – in weit korrekteren und richtigeren Verhältnissen.

Und nun ging er hier an der zahmeren Ostsee –

Zahm? Er mußte lachen, wenn er an die üblen Stürme von heute morgen dachte – an der zahmeren Ostsee schlenderte er hin, allein und unbewacht. Denn, die paar Spaziergänger zwischen den Stämmen in der Entfernung rechneten nicht. Durch die hohen dunklen Tannen, in denen noch die letzte Sonnenwärme des Tages hing, führten ihn diese schön gewundenen Waldwege einer Erfüllung entgegen. Er würde die Schwester wiedersehen. Er würde sein Kind küssen. Er würde nach Jahren und Jahren Bruder und Vater sein und, der Vergangenheit gedenkend, eine neue Zukunft bauen ... Vielleicht nicht mehr für lange, aber doch eine Zukunft. Der Ithakerkönig fiel ihm ein. Und er begriff, warum der Freund – Künstler, wie er, und von Lebensstürmen geschüttelt – seiner Zuflucht in dieser Stille den Namen gegeben: „Haus Ithaka“.

Und da lag das Meer! Friedlich und still, fast ganz glatt, nur schwache Reflexe spiegelnd aus den noch letztes, mattes Sonnengold festhaltenden Wölkchen, die leicht am Himmel standen.

Auf eines der niedrigen Bänkchen, die vom Dünenweg über den Strand mit seinen Körben und Burgen, wie auf eine Riesenarena, auf die glitzernde Fläche des Meeres schauten, setzte sich Julius. Und überdachte, wie seltsam doch das Leben spielt; wie herrisch seine Launen, wie bizarr seine Einfälle sind. Seine Berliner Freunde glaubten ihn jetzt auf einem buchenumrauschten Schloß im Taunus unter lauter Prinzen und Durchlauchten, die der Sturm und der Schmutz der Revolution in diesen sauberen stillen Winkel getrieben. Unter Hochgeborenen, die im kerzenhellen Sälchen, reich an Kunst und Tradition, mit den Klagen um verlorene Throne, Vermögen und Königsrang ihre Unterhaltungen würzten und zwischen der gesunden Langeweile der gewohnten Rasenspiele, dem mäßig unterhaltsamen Klatsch über die Formlosigkeit und Rüdigkeit der heute Regierenden und den Aufregungen der abendlichen Börsennachrichten, im Kampf mit unbotmäßigem Gesinde, ihre glanzlos gewordenen Tage hinbrachten.

Er aber saß hier, weit von den Buchen und Linden des Taunus, am verlassenen Strande die feierliche Stille der heraufziehenden Nacht genießend. Und sein Herz, dieses von Welt und Menschen so verwöhnte Herz, schlug, in einer ganz neuen ungewohnten Erwartung anschwellend, schlichten, nie erlebten Freuden entgegen.

Mit der Schwester Beate, die seine Kindheit betreut, wollte er von den fernen Tagen sprechen, da das Leben noch ein Kranz von Spiel und Festen schien, den nur die Träume der Nacht, wie bunte Seidenbänder ein Blumengewinde, anmutig unterbrachen. Er wollte sein Mädel erwarten, ein in fernem Land zur Jungfrau erblühtes Kind, dem er vor Jahr und Jahren, mit den letzten Tränen seiner Mannheit kämpfend, den Abschiedskuß auf das süße, nasse Mäulchen gedrückt hatte. Wollte am Ende dieser Tage des doppelten Wiedersehens, das neugefundene Kind an der Hand, wie durch eine bekränzte Pforte eintreten in ein ruhigeres, schlichteres Leben. Ein Leben, das in neuen Pflichten dem Ernst des Vaterlandes entsprach und einer lang getragenen, nie erhörten Sehnsucht seines ein wenig wandermüden Herzens.

Und noch Eins! Der Freund, der eine Wegstrecke das Leben mit ihm gewandert, ein Stück Jugend mit ihm durchtollt, hatte dort, irgendwo hinter dem dunklen, zur Mauer erstarrenden Baumwall seinen Frieden gemacht mit der Welt. Dem Freunde hatte er noch von Sylt aus geschrieben: „Ich komme." Im Hause Ithaka – dessen Name dem Sinnenden jetzt entgegenleuchtete, wie eine Zuversicht und ein Symbol – im Hause Ithaka wurde er erwartet ...

Wohl eine Stunde hatte er so gesessen und geträumt.

Ein leichter kühler Abendwind ließ ihn frösteln. Den Atem der Sternennacht wohlig um Stirn und Wangen spürend, ging er langsam, wie von weit, weit herkommend, und doch nicht ermüdet, zurück zu den kleinen Häusern, zu den freundlichen Lämpchen, die durch geöffnete Fenster und von umlaubten Balkonen ihren milden Schein ins Dunkel warfen; zu den Menschen, die er hinter den Büschen in den Gärten zwar nicht sah, deren Lachen und verliebtes Geflüster aber an sein Ohr drang. Das beglückende Gefühl eines herrlichen, lange nicht gekannten Friedens machte sein ruhig schlagendes Herz froh und zuversichtlich.

Nur noch an ganz wenigen Spaziergängern kam er vorüber. Meist Pärchen, denen die Nacht, das Schweigen und die Dunkelheit zum Vergnügen genügten. Eng aneinandergeschmiegt strebten sie flüsternd dem Gewirr der fremden Strandkörbe zu. Hotelbedienstete beiderlei Geschlechts, die, nach des Tages Unruhe und Arbeit, ausgelassen, ihre Sklavenrollen vergaßen. Quieksendes Gelächter auf den Treppen zu den Dünen verriet hier und da derbe Späße und geraubte Zärtlichkeiten.

Aber auch zwei Herren, gesittet lustwandelnd, kamen jetzt noch im gemessenen Gleichschritt vorüber. Ein junger, strandmäßig angetan, und ein älterer in jener saloppen Lieblingstracht, die der reisende Deutsche im Ausland gern trägt, auch wenn er *nicht* gerade Rad fährt. Und Julius hörte im langsamen Vorüberkommen den jüngeren sagen:

„Morgen am Strand bei gutem Wetter werden Sie zuversichtlich Ihren großen Spaß haben, Herr Professor. Man sollte nicht glauben, wie viel häßliche Menschen man beim Baden zu sehen bekommt."

Und eine hohe Stimme, die Neigung hatte, sich im Affekt zu überschlagen, und der man das auch in der Ruhe anhörte, antwortete: „So? Meinen Sie, das ergötzt mich – Hängebäuche, krumme Beine und eingewachsene Nägel zu sehen? Wissen Sie, was ich dann denke? Ich bin immerhin froh, denke ich, daß ich nicht der liebe Gott bin. Der sieht sogar in die Herzen!"

Die Stimme! Die abgehackten Worte! Der Ton! Und diese bärbeißige Antwort! Julius kannte das alles, wahrhaftig. Das klang herüber aus der Jugend, aus der Sturm- und Drangzeit. Das mußte sein alter Lehrer gewesen sein von der lieben Karlsruher Malschule, der Professor Dannenberg! Und – wahrhaftig – das hatte gefehlt – jetzt aus dem raschelnden Gebüsch vorbrechend, in kurzen Sätzen, den Herren umwinselnd ein

Jagdhund. Die Juno – lebte sie *auch* noch!? Julius nahm rasch das scharfe Einglas aus der Westentasche, blieb stehen und sah den im Gleichschritt Wandelnden nach. Ließ sich der charakteristische Vollbart nicht mehr erkennen? Fuchsrot, wie damals in der Karlsruher Bismarckstraße, würde er ja wohl nicht mehr sein heute. Aber von seinen zwei breiten Wellen, die sich bei maliziösen Antworten so schön von den gepflegten, langfingrigen Händen streichen ließen, hatte sich der Alte sicher nicht getrennt, auch wenn die Haare weiß geworden.

Schade, die beiden waren schon zu weit.

Julius steckte das Glas wieder ein und näherte sich, aus dem Walde tretend, dem Hotel.

Über den menschlichen Körper wußte er als Maler Bescheid. Zum mindesten seit Dannenbergs fideler, geräuschvoller Aktklasse. Aber er hatte auch schon schönere, edlere Weiber gefunden, gottlob, als die armen Mädels, die damals auf derben Schuhen aus Durlach und Schopfheim herübergekommen waren, um für eine halbe Mark oder eine ganze, Akt zu stehen. Und die Herzen – –?!

Die letzten Jahre der Not und des Niederganges hatten viel fürnehme Drapierungen in Fetzen gerissen. Die Noblesse, nicht nur der Geburt, lag auf den Schlachtfeldern von Arras und Ypern. Mittelmäßigkeit führte selbstgefällig das große Wort. Abenteurertum sonnte sich im Glanze rasch errafften Reichtums; und Gesinnungslumpen wagten sich, frechen, schmählichen Abfall von alten Idealen als kühnes Bekennertum seelisch Gereifter ausschreiend, in den Vordergrund des Tages …

Da war er – rascher, als er vermutet hatte – wieder am Hotel.

„Was denken Sie gerade, verehrter Meister?“ sagte Frau Frieda Wachs, die, ein Glas Zitronenlimonade in der Hand, plötzlich im Vestibül mit der zutraulichen Sicherheit einer alten Bekanntschaft auf Julius zutrat.

Der sah ihr mit einem abwesenden Blick in die kokett geöffneten Augen.

„Ich habe gerade gedacht, daß ich froh bin, nicht der liebe Gott zu sein.“

„Wie?“

„Angenehme Ruhe, gnädige Frau.“

Frieda Wachs sah dem die Treppen Emporsteigenden in tiefer Verblüffung eine Weile nach. Dann ging sie eilends zu Reinhold, ihrem lieben Mann, ins Lesezimmer, nahm ihm mit energischem Griff der ringgeschmückten Rechten die Berliner Börsenzeitung aus der Hand und sagte zu dem erschreckt über seinen schiefsitzenden Zwicker Blinzelnden:

„Reinhold, jetzt *weiß* ich’s. Ein Künstler mag er sein. Aber der Mann ist verloren. Er trinkt!“

*

Ich stand auf der Leiter in meinem Arbeitszimmer, summte meine Lieblingsarie aus dem „Figaro“ – falsch, aber von Herzen – und hing die beiden Aquarelle vom Nil auf, die ich kürzlich in Rostock so billig erstanden hatte. So billig, daß ich zu meiner Verblüffung nachher kein Geld mehr hatte für den neuen Gartenschlauch, den zu kaufen ich eigentlich diese Fahrt unternommen hatte.

Die Morgensonne flutete warm über meinen Balkon mit den blühenden Pelargonien in den Kästen und über die vor Behagen krachenden Korbsessel in das gemütliche Arbeitszimmer. Sie fingerte neugierig mit goldenen Strahlen an den auf meinem Schreibtisch zerstreuten, beschriebenen Papieren herum, streifte Bismarcks Bronzeschädel und die vielen lieben Menschen und schönen Erdenplätzchen, die in Bildern an den Wänden hingen. Trieb ihr lustiges, blitzendes Spiel mit den bunten Glasperlen des japanischen Schleiervorhanges, der mein kleines Schlafzimmer von dem heiligen Raum meiner schöpferischen Tätigkeit trennte.

Lux, frisch wie der Morgen, den Kleinsten auf dem Arm, stand plötzlich lachend im Rahmen der Tür: „Was machst du denn da, Felix?“

„Das siehst du doch“, sagte ich, doch ein bißchen beschämt und ärgerlich. Denn ich hatte am Frühstückstisch vorhin mit lauter Stimme den unumstößlichen Vorsatz betont: „Heute schreibe ich das ganze Kapitel über Granada hintereinander weg!“

Lux blieb sichtlich vergnügt. „Ja, ich sehe. Ich habe sogar unten schon gehört, daß du mal wieder Nägelchen einschlägst, anstatt ... Felix, was bist du doch für ein ulkiger Mann! Da steht nun die Balkontür offen, und die Sonnenwärme strömt so schön und goldig herein; und du schaust von deinem Schreibtischsessel über den grünen Garten und die Rosen, die noch selten so viel Schmetterlingsbesuch gehabt haben, wie heute; läßt den stolzen Herrenblick schweifen über die berühmte englische Rasenfläche, die dich an die blitzsaubere Insel Wight erinnern sollte, und die – leider – nicht ganz so englisch ausgefallen ist – und da kriegst du plötzlich die unbändige Lust, die Arbeit liegen zu lassen und auszureißen wie ein Schuljunge hinter die Schule. Aber da ist ein Gelübde hinderlich. Du riskierst das nicht so ganz einfach ...“

„Ach, du meinst wohl, ich habe Angst vor *dir*?“ sage ich und haue mir dabei kräftig mit dem Hammer auf den Daumennagel. Man trifft leider leicht daneben, wenn man Scherze macht, an deren Pointe man selbst nicht glaubt.

„Nein, nicht aus Angst vor mir oder aus Furcht, daß unser Peterchen – der übrigens wirklich schwer satt zu kriegen ist – elendiglich hungern müßte, wenn du mal einen Tag aussetzt... Nein. Aber du bist ja so ein Pflichtenmensch! Und wenn du so arg gern heraus möchtest ans Licht, unter die Waldbäume, an den Strand, und du hast nicht deine Stundenzahl, dein Pensum ehrlich abgearbeitet, wie ein Kuli, dann ...“

„Graf Ambiani, Sie sind erkannt! wie es in der alten Versimpelungsgeschichte meiner Studentenzeit hieß. Du meinst, dann mache ich mir immer erst etwas anderes zu tun – so gewissermaßen –“

„– so gewissermaßen als Zwischenstation auf der Flucht. Da hängst du rasch ein paar Bilder auf, zur Freude der Paula, die wieder was abzustauben bekommt, oder füllst wichtig dein Tintenfaß zum Schaden der Tischdecke, oder gießt plötzlich, wie unsinnig, die Erdbeeren, bis du ebenso plötzlich deinen Hut – oder nein, du gehst ja hier ohne Hut – also deinen Stock nimmst und durchs Gartentürchen geräuschlos verschwindest.“

„Lux“, sag’ ich, „damit du siehst – – sollst du recht haben! Ich wasche mir jetzt bloß die Hände – besonders den blaugeschlagenen Daumen – und dann tue ich mal einen Gang, weißt du, wohin? In die Kunstausstellung, von der die Kuckucks erzählt haben.“

„Um Gottes willen, Felix, bekomme nur nicht am Ende wieder Lust selbst – –“

„Zu malen? Nein, nein. Von diesem schönen Wahn bin ich geheilt – dank Dannenberg! Nur anschauen will ich, was der rührige Goldenstern sich für uns hier zusammengesucht hat."

„Darf ich mit? Die Kinder sind mit Martha schon am Strand. Peterchen soll noch ein bißchen im Garten schlafen. Ich leg' ihn auf eine Decke mitten auf die ‚Insel Weight'. Die kann Pauline von der Küche aus, während sie die unvermeidlichen Muskatnüsse reibt, ganz gut bewachen. Und ein bißchen neugierig bin ich auch auf … Aber, du lieber Gott, da kommt – wie immer, wenn er stört – der Marchese!"

Sie war ein wenig auf den Balkon getreten und hatte beim Sprechen hinuntergesehen in den Garten, durch den gerade der junge Italiener, seinen Florentiner Strohhut zu chevalereskem Gruße schwenkend, daher kam. Er war – höchste sommerliche Eleganz – in Rohseide gekleidet und sah mit seiner gelben Foulardkrawatte und seinen hellgelben Schuhe ein bißchen wie ein kranker Kanarienvogel aus.

„Aha, Frau Lux, der Besuch gilt dir! Er will dir zweifellos sein übervolles Herz ausschütten. Ich persönlich, ich kenne dies heiße Herz und dessen zeitraubenden Schutt zur Genüge. Ich will nicht stören. Vielleicht kommst du nach verabreichtem Trost – allein oder mit dem durch deinen herzlichen Zuspruch Gekräftigten – zu Goldenstern nach? Oder gleich zum Strand."

Unten wartete der Marchese schon. Er trug betonte Melancholie in seinen Mienen zur Schau und hatte wieder gezuckerte Früchte mitgebracht für die Kinder. Er mußte wohl die von Goldfäden umsponnenen kleinen Kästchen, die alle den eingebrannten Stempel einer

Firma in Palermo trugen, gleich in Wagenladungen aus Sizilien beziehen. Die Magenerkrankungen unter den Kindern seiner Bekanntschaft und der Ruhm seiner so süßen wie klebrigen Geschenke verbreiteten sich gleichzeitig rasch unter dem kleinen halbnackten Volk am Strand und vermehrten sich von Tag zu Tag. Und wir, die er besonders oft besuchte und süß und klebrig beschenkte, waren froh und dankbar, daß unsere tüchtige Pauline dieses südliche Naschzeug offenbar sehr gern aß und gut vertrug, so daß es sich nicht lange hielt im „Hause Ithaka".

„Oh, meine Besuck –" der Schatz deutscher Vokabeln, über den der Marchese verfügte, war reich, aber nicht immer richtig. „Meine Besuck verwendet sich an die eddele Seele an die gutte Herz und an das klucke Kopf einer Dame…"

Das hieß, wie ich auf der Treppe schon richtig vermutet hatte: *ich* war hier gänzlich überflüssig. *Meine* eddele Seele wurde eigentlich nicht verlangt. Verständnisvoll drückte ich die schmale, gepflegte Hand des sich tief und melancholisch wortlos verneigenden Marchese – diese scheinbar knochenlose Hand fühlte sich immer an wie ein mit Sand gefüllter Handschuh, dacht' ich. Dann streichelte ich Lux noch rasch über das „klucke Kopf", schützte ganz unnötigerweise dringende Geschäfte vor und machte mich mit wichtigen Schritten auf den Weg zum Kunstsalon Goldensterns.

Weit sind ja die Wege alle nicht in unserem lieben, kleinen Bad.

Das kleine Holztempelchen der Kunst leuchtete schon freundlich durch die Bäume. Goldenstern, ein kluger Geschäftsmann in allen seinen Handlungen, hatte eine Fahne herausgesteckt, wie es sonst mehr die Sitte der

Schlächtereien ist, die dadurch andeuten wollen, daß frisch geschlachtet wurde. Er hatte es dabei weder mit den Republikanern noch mit den Rechtsstehenden verderben wollen und deshalb seltsamerweise eine Hamburger Fahne gewählt, obschon sein Kunstpavillon in Mecklenburg lag, er selber aus dem Waldeckschen stammte und im Winter in Darmstadt lebte.

Bis an die Decke füllten die Bilder den kleinen Raum. An der Hauptwand arge Süßigkeiten. Dicke Putten, die sich darüber totlachen wollten, daß sie jemand für Kinder Hengelers halten könnte. Feiste Mönche, die einmal in Grützners Atelier durch eine Türspalte geguckt hatten, leerten Riesenhumpen. Liebespaare des Rokoko nahmen im Mondenschein bewegten Abschied hinter Rosenhecken. Fehlte nur noch der blondgelockte Trompeter von Säckingen und das herzige Ännchen von Tharau. An der einen Seitenwand Dünenskizzen und Ausschau über die See; hübsche, anspruchslose Blicke durch den Wald in Frühling und Herbst, von mecklenburgischen Künstlern gemalt, die ihre Heimat als Wanderer und Jäger kannten und als Künstler liebten. Einige davon schienen einmal bei Hans Thoma zu Gast gewesen zu sein. Einer böcklinte sogar und spendete eine bläuliche Waldnymphe, die auf einer Hirschkuh ritt, in die „Herbstvision“ seiner gelben Farren und roten Buchen. An der anderen Seite eine stattliche „Kollektion des berühmten Münchener Meisters Alois Stadelhuber“, wie ein in schöner Rundschrift gehaltenes Plakat mich belehrte. Eine Gedächtnisausstellung. Ich hatte, gestand ich mir beschämt, noch nie von Alois Stadelhuber gehört, der hier Sennerinnen auf jener berühmten Alm, auf der's „ka Sünd' gibt“, teils Kühe melkend, teils in neckischem Spiel mit einem „Bua“ zeigte. Der Bua blieb immer derselbe – während die Sennerinnen wechselten – und ich vermutete wohl nicht mit Unrecht, in diesem gutgelaunten Sohn der Berge ein Idealselbstporträt des Meisters. Der Künstler war erst vor kurzem gestorben; und Goldenstern, der genau wußte, wie sich gelegentlich die Pietät im gemütvollen deutschen Publikum bezahlt macht, versäumte nicht, seiner verehrungsvollen Trauer geschmackvollen Ausdruck zu geben. Er hatte einen schwarzumflorten Lorbeerkranz in Dimensionen, die auf dem Sarge Adolf von Menzels genügt hätten, unter des Heimgegangenen Hauptwerk „Beim Fensterln“ an die Wand gelehnt. Auf dem einen Ende der Atlasschleife war in Goldbuchstaben zu lesen: „Dem unsterblichen Meister – der Kunstsalon Goldenstern“. Auf dem anderen Schleifenende stand ziemlich unmotiviert: „Geöffnet von morgens zehn bis abends sechs Uhr. Kein Entree.“

„Komisch“, hörte ich gerade bei meinem Eintritt eine hohe Männerstimme sagen, deren trockener Ton mir sofort bekannt schien. „Komisch, wenn ich da den ‚Seesturm‘ betrachte, wird mir so wohl und beruhigt, wie auf der sommerlichen Alm. Und wenn ich dort die gemalten Busserln auf der sommerlichen Alm anschaue, werd’ ich so seekrank, wie im Sturm auf der Biskaya.“

Hinter dem Redenden aber, der in gewohnter Weise seinen kritischen Empfindungen die Zügel schießen ließ, stand, die Hände auf dem Rücken, mit vergnügtem Lächeln lauschend, Freund Julius.

Zu meiner Verwunderung – er, der sonst so elegante – noch in dem etwas mitgenommenen Anzug, in dem er gestern nachmittag, froh begrüßt, auf unserer Terrasse den Kaffee mit uns getrunken, Lux mit Blumen beschenkt und mit den Kindern gespielt hatte.

Wir tauschten einen herzlichen Händedruck. Aber schweigend, fast heimlich, wie Verschwörer. Beide von demselben Wunsch und Gedanken beseelt, den polternden Professor ja nicht zu unterbrechen in den originellen Wendungen seines heiligen Zornes.

„Kunst ist Wahrheit", brummte der weiter, „und Wahrheit ist Religion! Das steht irgendwo geschrieben bei einem gescheiten Engländer. Nicht bei Oscar Wilde. Bei dem prasseln nur die Paradoxe. Bei Thackeray, glaub' ich. Goldenstern, wenn der Mann recht hatte, dann haben *Sie* hier die närrischste Kirche, die irgendwo in der Welt von sieben Sekten zugleich für Gutgläubige gebaut wurde!"

„Pscht", wehrte Goldenstern, indem er sich vor mir verbeugte, und dabei geschmeidig dem im wenig eleganten Radlerkostüm auf dem einzigen Stuhl des Salons Sitzenden den spitzen Ellbogen in die Rippen stieß. „Pscht, ein Kunde!"

Der Verächter der Sennerinnen des Meisters Stadelhuber drehte sich ziemlich gleichgültig um, und ich blickte in das verblüffte Gesicht meines braven alten Lehrers David Dannenberg. „*Der* kauft doch nischt!" sagte er, nachdem er sich von seinem Staunen erholt hatte. „Dem habe ich persönlich noch die Kunst abgewöhnt."

„Nicht so gründlich, mein lieber Professor, wie Sie glauben!" Ich schüttelte dem alten Herrn tüchtig die dargereichte Hand und dachte: vorhin ein sandgefüllter Handschuh und jetzt ein Bündel Wäscheklammern – wie verschieden sich doch menschliche Hände anfassen!

„Was!?" schnauzte mich der alte Herr an, „sündigen Sie malerisch *doch* noch – oder wieder!?"

„Ich? Nein. Höchstens mal ganz heimlich in Briefen an meine Frau – ein paar Federzeichnungen zur Orientierung. – Aber ich *sammle* ein bißchen. Habe jetzt gerade wieder zwei reizende Aquarelle gekauft. Nilstücke. Gerade eben habe ich sie zu Hause an die Wand gehängt. Sehen Sie, hier habe ich mir dabei auf den Daumen gehauen."

„Das werden Sie mit dem Ankauf der Dinger redlich verdient haben!" Er lachte sein altes, breites Lachen, das mir wie ein liebes Echo aus verrauschten Sturm- und Drangtagen ans Ohr klang. „Aber lassen Sie sich mal anschauen, lieber Felix!" – Sie sollen ja nun Bücher schreiben – ganz gute Sachen sogar ... Pscht! Ich darf das ruhig sagen, denn, ich lese sie nicht. Sie wissen, für mich hört die Literatur mit Goethes Tod so ziemlich auf. Bis dahin allerdings, glaub' ich, kenne ich manches und lieb's, was euch Jungen nicht mal mehr dem Namen nach bekannt ist. – Unverschämt gut sehen Sie übrigens aus, alter Junge. Zum Vergnügen hier, was? Oder Stöffchen suchen für das Geschreibsel?"

Ich erklärte dem Alten, der mit wirklichem Interesse zuhörte und sich dabei den langen, ehemals rostroten, jetzt eisgrauen Rübezahlbart strich, wie ich hier lebe in meiner Sommerheimat. Erzählte von meinem Häuschen, von den Kindern und ihrer Mutter. Lud ihn ein, auf der Terrasse abends mal ein Böwlchen mit mir zu trinken und von alten Zeiten mit mir zu plaudern ...

„Nur von den alten, das bitte ich mir aus!" unterbrach er mich hier. „Der Rest ist Schweigen. Und wenn Sie mir etwa von Politik was erzählen wollen – oder gar von Berlin – also, ich bin kein schlechter Mensch, immer noch nicht – aber ich wäre imstande, dort eines von den Almenrauschbildern heimlich zu erwerben und

Ihnen aus Rache meuchlings übers Bett zu hängen, wenn Sie schlafen, Felix!“

„Er spaßt, der alte Herr“, lächelte Goldenstern und rückte verlegen seine goldene Brille, die ihm auf der kräftigen Nase ins Fleisch gewachsen zu schien. „Er spaßt, der Herr Professor.“

„Ich spaße gar nicht!“ Dannenberg ereiferte sich. Ich kannte diese Art von ihm. Dann wickelte er sich die Spitze des langen Vollbartes umständlich um den knochigen Zeigefinger, als ob er die Haarfülle aufrollen wolle, und zog daran, als müßte er einer Gesichtsmaske den falschen Schmuck vom Kinn rauben. „Ich bin zwar nie in der vom Meister Stadelhuber gemalten Gegend da gewesen ... Großstadt oder Meer – eins von den beiden!“

„Sehen Sie, das ist es, Herr Professor! Sie waren nie so richtig in den Bergen. *Der* aber –“ sagte Goldenstern, der sich offenbar mit der Biographie seines toten Schützlings emsig beschäftigt hatte – „der ist in Partenkirchen geboren und in Tegernsee gestorben. Für den ist das eben Heimatkunst!“

„Aha! Heimatkunst!“ Der Professor blitzte den Kunsthändler über die Brille an, daß der erschreckt schwieg. „Heimatkunst! Eine hübsche und verständige Sache, als der Terminus technicus aufkam. Barg aber damals schon eine Gefahr im Kern. Diese an sich so schöne und erfreuliche Bestrebung versprach kräftige, unverbrauchte Talente in unsere müde, nervöse Zeit zu schicken. Optime! Talente des Pinsels und der Feder! Denn das geht immer Hand in Hand bei Neuerungen und Revolutionen – und dann auch wieder bei der Rückkehr zum Alten. Und diese Gefahr war und ist eben der künstlerische Partikularismus, die literarische

Krähwinkelei. Die kann schließlich genau so widerwärtig prätentiös sich auswachsen, wie das prätentiöse, alles besser und am besten wissende Berlinertum in der Literatur. Die ganz Großen haben sich schließlich doch – das darf über all der Heimatsimpelei nicht vergessen werden – über die Spezialkunst eines Erdenfleckchens allemal erhoben. Haben nicht mehr aus den Winkeln Ihrer Tälchen und vom Aussichtsturm, den ein Verschönerungsverein in ihre Heimatberge gestellt hat, sondern von der höchsten Zinne des Menschentums den Blick in die Weite schweifen lassen. Haben Ferne getrunken. Und ihr Schicksal hat dann die Welt umfaßt und nicht bloß ein mehr oder minder beachtenswertes Eckchen davon. Gewiß, es ist eine schöne und lohnende Aufgabe, in Goethe bis tief hinein in die weimarische Zeit immer wieder den Franken aufzuspüren. Sogar in den Jahren, in denen der Herr Staatsminister des Herzogtums an der Ilm gar nicht an den Main dachte und den Patrizierkreisen der freien Stadt Frankfurt, denen er entstammte, als Mensch fremd geworden war. Immer wieder den Franken, das fränkische Denken und Empfinden. Ja, zuweilen die fränkischen Spracheigentümlichkeiten. Aber es wäre doch, milde gesagt, ein bißchen komisch, wenn man in Shakespeares ‚Romeo und Julia' oder im ‚Hamlet', in dem man sehr wohl den Engländer spürt, die ganz spezielle ‚Heimatkunst' von Stratford am Avon finden wollte. Oder wenn man in den Gesängen des Homer, um dessen Wiege sich bekanntlich sieben – nicht sehr dicht beieinanderliegende – Städte gestritten haben, ganz genau und wissenschaftlich die Empfindungsart von Smyrna oder Kolophon zu beweisen unternehmen wollte."

Mir wurde ganz warm ums Herz. Ja, das war noch unser lieber alter Professor! Unser grober, guter, kluger David Dannenberg, wie er damals in der Malklasse in der Kunstschule der badischen Residenz mein und Julius' Lehrer gewesen. Vom Hundertsten kam er ins Tausendste, wenn er mal angeregt war. Blieb nie bei der Stange des Themas. Aber seine eigenwilligen Irr- und Umwege führten auch immer wieder zu guten und anregenden Gedanken und fanden schließlich – ganz wie der Rembrandt-Deutsche in seinem einst vielgerühmten Buch – immer wieder zum Thema zurück. Er konnte von einer Ananas, die er gerade in eine Bowle schnitt, über die Lotosfrucht sich tief hinein in die griechische Mythologie finden. Er konnte von seiner kranken Jagdhündin über die Sankt Bernhardshunde den großen Gedanken der Caritas weiterentwickeln und mit Seitenhieben auf Philistertum und Wohltätigkeitsspekulationen durch die Jahrhunderte verfolgen. Und schließlich nach kühnen Behauptungen, klugen Anregungen und kecken Antithesen war er plötzlich wieder bei der Ananas, die er in die Bowle schnitt, oder bei der kranken Jagdhündin, der er mit rührender Geduld Leinöl in den tiefgezogenen Mundwinkel goß. Nachdenken, Belesenheit, Interesse für alles, was gut, stark und schön war, das verband sich in diesem knorrigen Menschen, der als Maler und Schöpfer nicht über das Mittelmaß hinausgelangt war; der als Lehrer befruchtend, beschämend und unerhört anregend wirkte, und der als denkender und fühlender Mensch ein ganz, ganz großer Künstler war.

Und jetzt erzählte er sprudelnd, rhetorische Fragen dazwischen werfend, von seinen Eindrücken hier. Er war recht ärgerlich in das kleine Ostseebad hier gekommen. Er hatte eigentlich in den Schwarzwald fahren wollen. Er liebte die dunklen Tannen und den gemütlichen badischen Dialekt. Es war nur ein Irrtum der Natur, daß er nicht in dem Musterländle geboren war, dem er wieder zustrebte. Gerade beim Zusammenpacken seiner Wollhemden, Malgeräte und Lieblingsbücher bekam er ein Telegramm seines Sohnes von See. Der fuhr als Schiffsarzt auf einem großen Passagierdampfer zwischen Neuyork und Hamburg. Seit drei Jahren hatte ihn der Vater nicht mehr gesehen, da der junge Doktor den meist sehr kurzen Urlaub immer in Hamburg oder Neuyork verbrachte. Diesmal wollte er aber für vierzehn Tage in den Schwarzwald nachkommen. Jetzt teilte er dem Vater plötzlich per Draht mit, er führe für ein bis zwei Wochen in wichtiger Angelegenheit an die Ostsee, und er hoffe, der alte Herr könne es möglich machen, seinen Reiseplan zu ändern und mit ihm dort zusammentreffen. Warum, wieso? Telegramme waren meist wortkarg, und auch zu diesem lag noch kein Kommentar vor ... Plötzlich sprang Dannenberg auf und ging auf ein paar weibliche Akte zu, die ziemlich hoch über Bildern der außerordentlich erzürnten See an der Wand hingen. „Sehen Sie sich das Zeug an, Felix! Der Kerl sollte bei mir in der Klasse gewesen sein! Arme wie Mettwürste, Beine wie Siegellackstangen. Kein Fleisch, keine Luft dahinter! Und von woher sind die unglücklichen Mädels überhaupt beleuchtet!?“

„Erlauben Sie“, mischte sich Goldenstern ein und rieb sich seiner Gewohnheit gemäß in einer sehr merkwürdigen Flamingostellung mit dem linken Fuß die rechte Wade, wodurch die an sich schon nicht sehr schönen Hosen an der Stelle nicht sauberer wurden.

„Erlauben Sie, das sind Akte von Carlje Carlsen. Ich habe neulich eine ausgezeichnete Besprechung über diesen aufstrebenden Künstler gelesen. Darin wird er verglichen mit ... Na, mit wem doch gleich – ?“

„Mit Karl dem Großen“, maulte Dannenberg wütend, „der konnte *auch* nicht malen – oder vielleicht so viel wie der Carlje – auch ein Vorname für einen Christenmenschen! ... Übrigens Kritiken, die gehen keinen Künstler was an, verstehen Sie. Das Zeug ist für das Publikum, das selbst keine Augen hat und sich partout fremde Augen einsetzen lassen will. Der Rezensent redet – der Künstler hat zu malen. Der Eine schwatzt am Andern – der Andere malt am Einen vorbei. Lassen Sie mich aus mit Ihren Rezensenten! Es gibt auch kluge darunter, natürlich, und solche, die was vom Handwerk und dem gesteigerten Handwerk, was die Kunst ist, verstehen. Aber dann sind sie eben doch fürs Volk da. Und das Volk? Es gibt so eine Reihe von Sprüchlein, die es gern zitiert, das Volk. Ohne eine Ahnung zu haben, woher sie kommen; ohne zu vermuten, aus welchem Zusammenhang sie gerissen sind. Aber in der felsenfesten Überzeugung, daß mit dem Aufsagen solcher Sprüchlein etwas Bedeutendes geleistet und jede weitere Diskussion über den Fall nunmehr verboten und abgeschnitten ist. Zu diesen Sprüchlein gehört auch eines, das mit Vorliebe brave Leute im Munde führen, die von der unseligen Manie besessen sind, sie müßten Bücher schreiben, obschon sie andernfalls brauchbare und grundehrliche Händler in Baumwolle oder in Delikatessen geworden wären; oder die von dem Wahn beherrscht sind, sie müßten violette Landschaftsbilder ohne wesentliche Ähnlichkeit mit der Natur malen, obschon sie zweifellos ganz achtbare Juristen und getreue Verwalter von Mündelgeldern abgegeben hätten. Und dieses Sprüchlein, das zumeist die Leute mit dem großen und fürtrefflichen Wollen und dem weniger erfreulichen Können im Munde führen, in dem ihr Haß und die Erregung ihrer gekränkten Künstlerseele eine ganz besonders giftige Betonung gibt, lautet: ‚Schlagt ihn tot, den Hund! Es ist ein Rezensent!‘ Einige, die mit diesem Sprüchlein – da ihnen die Gesetze des Landes und ein Restchen ihrer eigenen Vernunft nach seinem Imperativ zu handeln verbieten – wenigstens symbolisch ihre Widersacher in der Öffentlichkeit umbringen, haben sogar eine dunkle Vorstellung von seinem klassischen Ursprung. ‚Sagt Goethe’, fügen sie mit Nachdruck hinzu; ohne sich klarzumachen, daß solche aus dem Zusammenhang gerissenen Sprüchlein und Sentenzen ihren Sinn und ihre Berechtigung leicht verlieren. Wie zum Beispiel, wenn nun die angegriffenen Rezensenten sich verteidigen wollten und zitieren: ‚Denn besonders die Poeten – die verderben die Natur.‘ Das hat nämlich *auch* Goethe gesagt. In seinem Gedicht ‚Musen und Grazien in der Mark‘. Oder wenn gar einer aus dem ‚Götz‘ zitieren wollt‘: ‚Sag deinem Hauptmann: Vor Ihrer Kaiserlichen Majestät hab’ ich wie immer schuldigen Respekt. Er aber ‚sag’s ihm …‘ Nun, man kennt das und wird nicht zu behaupten wagen, daß Goethe damit allen kaiserlichen Hauptleuten Ungebühr und Schimpf antun wollte. Aber sei dem, wie ihm sei; das böse Wort von dem Hund, der totgeschlagen werden soll, weil er ein Rezensent ist, steht da. Und das böse Goethesche Wort hat allen den guten Leuten, denen schon nichts eingefallen ist, eh’ sie von bösen Menschen rezensiert wurden, und denen gar nichts einfällt, nachdem sie sich über ein ungünstiges

Urteil geärgert haben, zur willkommenen Waffe gedient. Zur Fliegenklappe ihrer Ansicht nach, um lästige Insekten, die doch nur die Kunstwerke zu verunreinigen und die Künstler zu stechen im Sinne haben, platt wider die Wand zu schlagen. Und die Gelehrten unter ihnen – zu denen gehöre ich, wie Sie sehen – wissen, wo die Waffe entlehnt wurde, wissen, daß sich das Gedichtchen ‚Rezensent' unter dem ‚Parabolischen' findet zwischen ‚Autoren' und ‚Dilettant und Kritiker'. Und das macht sie noch stolzer, noch selbstsicherer."

Julius ging an der Wand von Bild zu Bild, während Dannenberg scheinbar nur zu Goldenstern redete, der immer noch in seiner seltsamen Flamingostellung den Redestrom des Professors über sich ergehen ließ. Aber Julius fühlte und wußte, daß all das, was der alte Lehrer da halb für, halb gegen den unglücklichen Aktmaler hervorsprudelte, eine andere Spitze hatte. Dannenberg hatte seinen Schüler Julius Barrenthin geliebt damals im Frankfurter Städelschen Institut, in jener fernen Zeit, da noch der alte Hasselhorst die Antonietta, immer wieder die Antonietta malte, und der W. A. Baer seine kleinen Russenbildchen mit Schlitten und tanzenden Bären und das Köpfchen der schönen Frau Scharff unter altrussischem Kopfputz. Hatte ihn geliebt mit dem Stolz eines Lehrers, der dem Schüler noch viel zu geben hat, und mit der Bewunderung eines Ehrlichen, der schon den kommenden Stärkeren grüßt. Madonnen und Historien erwartete er von seinem Schüler, der mit der sicheren Beherrschung des Aktes das Auge und die Hand für das Dekorative verband. Und dann, als Dannenberg dem Ruf nach Karlsruhe folgte, und Julius als sein Schüler, ohne sich zu besinnen, mitgegangen war, kam der Umschwung. Julius verliebte sich in ein

Professorentöchterlein und malte das hübsche, frische Kind, dem noch gutes Bauernblut von der Mutter her knospendes, strotzendes Leben lieh, in allen möglichen Stellungen und Kostümen. Und als er drei von diesen Bildern in der Jahresausstellung zu zeigen wagte, geschah's, daß ihn die Kritik wie einen aufstehenden Stern behandelte. Die ersten Aufträge kamen. Gleich aus der Gesellschaft und aus besten Bürgerkreisen. Grollend sah Dannenberg, wie ihm der Schüler in die Gunst des Publikums entglitt. Nicht Neid war die Ursache seines Grolles, sondern die ehrliche Überzeugung, daß dieser Hochbegabte zu früh als ein Fertiger galt und, von Bestellungen verlockt, in die Einseitigkeit gleiten und sich selbst wiederholen würde. „Mir soll's recht sein", murrte er damals und zog an seinem langen, noch fuchsigen Bart, wie an einer Hausglocke. „Als Komtessenmaler fangen Sie an – und bei der Seifenschachtel werden Sie enden!"

Jetzt waren Jahre, Jahrzehnte vergangen. Julius hatte die Höhe seiner Beliebtheit, seines Ruhms und der Mode, die ihn gemacht hatte, längst überschritten. Und gerade in der letzten Zeit waren weibliche Bildnisse von ihm aus der bayrischen Aristokratie in München und Berlin von anders eingestellten Rezensenten mit ironischem Lob abgetan, ja, mit leise anklingendem Hohn behandelt worden. Dannenberg, der viel las, hatte die Blätter gesehen und war überzeugt, daß auch Julius sie gewiß zur schmerzlichen Kenntnis genommen hatte. Und – so gutmütig der alte Professor in tiefstem Herzen war – er hatte sich's nicht versagen können, in einem Anfall enttäuschter Liebe den leisen Triumph der bestätigten Prophezeiung anklingen zu lassen, in seinen Auslassungen über die Rezensenten.

In diesem Augenblick betrat ein etwa achtzehnjähriges Mädchen den Pavillon. Sie kam vom Morgenbad. Ihr Haar war noch feucht und hing strähnig an den Schläfen nieder. Sie war klein und von schlechter Haltung. Ihr Teint unrein, ihre Glieder knochig, aber in ihren orientalischen Mandelaugen brannte und loderte etwas, das dem unschönen, blassen Gesicht eine veredelnde Note gab.

„Meine Tochter Alice", stellte Goldenstern vor, indem er das Mädchen zärtlich an sich zog. „Meine Einzige. Sie hat gebadet. Badet jeden Tag. Man muß alle Vorzüge genießen. Wozu ist man an der Ostsee. Den Herrn Professor Dannenberg kennst du schon, Kindchen. Aber hier, Herr Julius Barrenthin, der berühmte Meister, der wo nix malt als Fürstinnen und Gräfinnen – aber *wie* malt er sie, Kind! Er malt sie, daß man glaubt, daß es Fürstinnen sind, und daß man schwört: die Königin von Saba ist nicht schöner gewesen, als sie zu Salomo kam."

Er hielt plötzlich inne. Es fiel ihm ein, daß es ja sein heißer Wunsch war, seine Alice von Barrenthin malen zu lassen. Und daß er durch solche Hymnen auf den Künstler sich selber das Geschäft verdarb. „Geh hinüber zum Professor Dannenberg, Kind", ermunterte er Alice. „Zeig' ihm die Mappe von dem Heidemaler, die wo er uns aus Rostock geschickt hat. Wird ihn interessieren."

Alice ging zum Professor hinüber. Nicht aus angeborener oder anerzogener Folgsamkeit. Aber der kluge Vater hatte die richtige Art, sie zu lenken. Der Heidemaler Köpping war ein hübscher, frischer Kerl mit blauen Augen, der immer wie ein Jäger angezogen ging und der Alice besser gefiel, als seine Bilder. Aus der zuletzt gebrachten Mappe hatte sie selbst zwei Skizzen verkauft. In Abwesenheit ihres Vaters an Kurgäste, die die Blätter gleich bezahlt und mitgenommen hatten, sagte sie. In Wahrheit hatte sie die Blätter oben in ihre Kommode unter die Wäsche gelegt und den bescheidenen Preis dafür von dem kleinen Gehalt genommen, das ihr der Vater für ihre Dienste als seine Sekretärin und Repräsentationsdame zahlte ...

„Herr Barrenthin", Goldensterns Stimme war gedämpft und hatte etwas fast Zärtliches, als er das sagte. „Ich weiß, Sie haben Ärger gehabt mit der Kritik. Mein Gott, wie sagt unser großer Goethe? – ‚Derweil die Hunde bellen, beweist mir, daß ich reite.' Überhaupt e Mann, wo immer recht gehabt hat ..." Goldenstern stockte. Er fand die Brücke von dem Mann, wo immer recht gehabt hatte, zu seinem Anliegen nicht ohne weiteres. Plötzlich ging ein Leuchten über sein Gesicht. „Aber Sie sollten den Kerlen mal beweisen, daß Sie mehr können, als schöne Frauen schön malen. Es gibt so weibliche Wesen, verstehen Sie, da liegt die Schönheit – wie soll ich sagen – mehr im Detail. In dem, was von Innen kommt. Im Auge und so. Da muß erst ein Maler wie Sie, Herr Barrenthin, der muß den Leuten sagen, wieso daß so was schön ist. Herausleuchten lassen muß er's, wenn ich so sagen darf. Das Seelische, was vornehm ist. Und das Herbjungfräuliche muß er hineinlegen – und –" Und mit einer leichten Vertraulichkeit stieß er Julius in die Seite und sah ihn von unten an. „Haben Sie meine Tochter gesehen, Herr Barrenthin? Schön – was man so schön nennt, ist sie nicht, ich weiß. Aber sie hat malerische Nuancen. Sehen Sie, ich habe mich schlecht gehalten mein' Tage lang. Mein Vatter selig hat immer gesagt: Markus, wenn dich e Bäcker sieht, macht er e Brezel aus dir! Woher soll sich mein Kind gut halten? Aber – das Auge – was? Das hat sie von der Mutter. Sehen Sie, Herr Barrenthin, wenn ich zahlen könnte Ihre Preise –" Eine kleine Kunstpause ließ genug Zeit für eine Antwort. Aber sie kam nicht. So dämpfte Goldenstern die Stimme noch um ein weniges und legte eine leise Traurigkeit in seine Worte: „Gott ja, man verdient – aber man muß auch leben. Und etwas mitbekommen soll die Alice auch. Denn ohne das – Sie wissen, wie heutzutage die jungen Männer sind. Meine Recha ist noch zu mir gekommen mit vier Hemden, zwei für den Tag und zwei für die Nacht; mit drei Unterröck', e Hauskleid und fünf Mark siebzig bares Geld. Das waren noch Ideale! Ich meine – vielleicht nehmen Sie Sommerpreise, Herr Barrenthin – für mich. Und wenn Sie mir was geben wollten in Kommission, fünf Prozent will ich nur nehmen, statt fünfundzwanzig. Wenn Sie sich könnten entschließen, meine Alice ..."

„Ich bin hier nur zu meiner Erholung und – aus familiären Gründen, nicht wahr. Ich werde mein Malgerät vielleicht gar nicht auspacken. Übrigens ist mein Koffer, der es enthält, noch gar nicht angekommen." Und da sich eben Dannenberg, der die Mappe des Heidemalers flüchtig besichtigt und beknurrt hatte, mit Alice wieder näherte, empfand Julius das wie eine Rettung und fragte interessiert: „Sie haben mir noch gar nicht verraten, verehrter Professor, was Sie eigentlich hierher führte!?"

„Na, ich bin, wie ich nicht leugnen kann, zufällig Maler. Da interessieren mich eben Bilder."

„Aber nein – ich meine nicht hierher in den Pavillon, sondern hierher in dies kleine Ostseebad?"

„Ach so – ja, ich habe hier ein Rendezvous.“ Er sagte das, mit den Augen lustig zwinkernd. Nachdem er sich eine gute Weile an der Wirkung dieser Mitteilung gaudiert, klärte er das Mißverständnis auf.

Aber das Erstaunen in Barrenthins Zügen ließ nicht nach, verstärkte sich eher. „Was denn – Ihr Herr Sohn fährt auf einem amerikanischen Schiff als Arzt? Und ist jetzt in Hamburg angekommen?“

„Heute nacht, denke ich, auf der ‚Washington‘.“

„Auf der ‚Washington‘? Das ist ja seltsam. Da erwarte ich auch – ich meine, da fährt auch von mir jemand …“ Er schämte sich seiner Unsicherheit. Aber es war ihm so ungewohnt, von seiner Tochter zu reden. Er fürchtete auch Fragen, die er gar nicht beantworten konnte oder mochte. War überhaupt selbst noch mit allem ein bißchen im unklaren; so daß er nur einige in diesem Zusammenhang rätselhafte Gemeinplätze von sich gab und sich dann rasch von Goldenstern und Alice verabschiedete. „Ich komme also wieder einmal vorbei.“

„Dann müssen Sie die Mappe von dem Heidemaler auch ansehen“, sagte Alice ein wenig enttäuscht. Und wer nicht ganz auf den Kopf gefallen war, hörte, daß der Heidemaler ihr als Mensch oder Künstler wert war.

„Gern“, sagte Barrenthin und gab ihr die Hand.

„Und wir – wir sprechen dann noch von unseren Projekten!“ Goldenstern hatte etwas Feierliches an sich, als er seinen Entschluß verkündete.

„Ja, wir sprechen noch davon“, sagte Barrenthin leichthin und machte sich aus den Händen Goldensterns los, die seine Rechte umklammert hielten.

Auf der Straße unter den Kastanien hinwandelnd, sagte Dannenberg, der gern gerade auf Dinge zuging, die ihn interessierten: „Was ist das für ein Projekt?“

„Ach, ich soll seine Alice malen."

Dannenberg sagte nichts. Kein Muskel in seinem Gesicht verriet, daß er wieder mal ein Lohgerber war, dem die Felle davonschwammen.

*

Frau Beate Thomsen, Julius' ältere Schwester, die weißhaarige Witwe des Kapitäns, der bei der Seehundjagd droben im Eismeer irgendwo ertrunken war, träumte eigentlich in jeder Nacht etwas. Meist aufregende Dinge, die bald aus ihrer Kindheit die Materie zu nehmen schienen, bald prophetisch sich mit Zukünftigem beschäftigten.

Diesmal hatte sie geträumt, der Bruder wäre zu Fuß gekommen, statt mit der Bahn. Er hätte aber ihr Häuschen in einer furchtbaren Unordnung angetroffen, in der es sich nie befand, und sei enttäuscht und erzürnt sofort wieder nach Berlin zurückgefahren. Das heißt – nicht gefahren – er war, unsinnig wie Träume sind, geritten, und zwar auf einem Dromedar. An der ganzen Küste, die hier in schönem Schwunge ihre Dünen und Wälder der brandenden Ostsee entgegenstellte, war kein Dromedar zu finden und wohl nie eines gewesen.

Während Beate so in ihrem Häuschen umherging, hier noch ein Gäbelchen auf das kalte Fleisch legte, dort noch die Blumentöpfe am Fenster ein bißchen zusammenschob, mußte sie immerzu lächelnd an das Dromedar denken. Plötzlich, als sie gerade die weiße Mullgardine noch ein wenig aufsteckte, sah sie den Bruder Julius durch die Fichten kommen und in das Gärtchen eintreten durch die kleine, an die Tür von Goethes Gartenhaus erinnernde Pforte, die zwei hübsche, weißstämmige Birkenbäumchen, wie treue Wächter, flankierten. Julius sah die Schwester nicht, die hinter Gardinen und Blumen unweit des Fensters blieb und die Hand auf das heute besonders unruhig schlagende Herz legte. Mit der Genießerfreude des Künstlers stand er einen Augenblick still und schaute sich um. Freute sich des Blickes durch die hohen dunklen Tannen über den grünen Moosteppich zum Meere, das still und friedlich in der Sonne des späten Morgens glitzerte. Nickte befriedigt, als er das hölzerne Häuschen musterte, das noch so fest und schön und sauber in dem mit vielen Farnen bepflanzten puppigen Gärtchen stand. Allein und für sich an der ganzen Küste, meilenweit das einzige, das den freien Ausblick auf die See hatte. Alle anderen Villen und Hotels lagen hinter dem Waldgürtel; weiter vom Wasser und wohl geschützter, wenn die Herbststürme tobten und die kahlgekämmten Wipfel des Gespensterwaldes wie Binsen nach Osten bogen. Aber in der Gnadenzeit des Sommers war kein anderes Häuschen – selbst nicht Haus Ithaka – so lieb, traulich und begehrenswert, wie dieses einsame, friedliche Heim der ganz ihren Erinnerungen lebenden alten Frau. In unverwischter Schrift las Julius, langsam über den sauberen Dünensand des Gärtchens gehend, unter dem Giebel den schlichten Namen, den die fern den Menschen und näher der Sonne und den Stürmen Wohnende ihrem Heim gegeben: „Lütt Hütt“.

Als er den blanken, altmodischen Türklopfer gerade in Bewegung setzen wollte, öffnete sich schon, geräuschlos und wie von selbst, das schmale Pförtchen. Die Schwester stand vor ihm. Kaum gebeugt, die noch immer reichen weißen Haare seitlich ein bißchen vom Scheitel hochgekämmt, am Halse des schlichten schwarzen Kleides die kleine Goldbrosche, in deren Kapsel das letzte Bild eines Toten sich barg.

„Hier bleibt nichts ein Geheimnis“, lächelte sie ihn glücklich an. „Ich wußte, daß du kämst, Julius, seit ein paar Tagen. Ich wußte, daß du da bist, seit gestern abend. Und wie lange, wie lange habe ich mich gefreut auf dieses Wissen und auf dieses Wiedersehen!“

„Schwesterchen! Mütterchen-Schwester!“ Die alten Benennungen, die einst die brüderliche Liebe des Heranwachsenden gefunden hatte für die um ein Dutzend Jahre ältere Beate, die ein wenig Mutterstelle vertreten, bald seine fröhliche Gespielin, bald seine milde Erzieherin war, kamen ihm wieder auf die Zunge. All das sprach sich noch so leicht und so herzlich aus, wie damals. Etwas Feuchtes stieg ihm leise in die Augen. Er fand nicht gleich das Begrüßungswort. Da nahm die Schwester, wie einst, seinen Kopf zwischen ihre beiden, von der Arbeit in Haus und Garten ein wenig rauhen Hände, bog ihn mit sanfter Gewalt zu sich herunter und küßte ihn mit kühlen Lippen, deren Berührung ihm wohltat, auf die Stirn.

„Willkommen, Julius, in Lütt Hütt!“

Nun saßen sie einander gegenüber in dem behaglichen Stübchen, in das so viel Sonne fiel auf Möbel, die Julius noch aus seinem Elternhaus kannte. Auf die geschweifte Kommode mit den blitzblanken Messingschlössern, auf die eingelegte Truhe, in der früher – und wohl auch jetzt noch – das feine Leinen für den Tisch lag; auf das Nähkästchen aus Kirschbaumholz, das mit seinen geschnitzten Röllchen voll bunter Seidenfäden und mit seinen kleinen Spulen und vielen Garnfächern schon seiner Kindheit wie ein Hüter köstlichster Geheimnisse erschienen war. Und dort in dem alten Ständer hing, wie zu Vaters Zeiten, in dem Messingbauer ein Kanarienvogel. Leider nicht mehr der mit dem grasgrünen Häubchen von damals, sondern ein ganz gelber. Der schmetterte und trillerte unbekümmert sein Liedchen. Und je mehr und je lebhafter die beiden sprachen, fragten, sich erinnerten, um so emsiger zeigt der kleine Vogel seine Liederkunst.

„Soll ich ihn zudecken, Julius, stört er dich?“ –

„Ach nein, laß ihm seine Sommerfreude. Er gehört dazu und sein Gesang auch. Von damals noch, Beate, von damals.“

Und sie sprachen von damals.

„Und woher wußtest du eigentlich – – ?“ Julius kam mit seiner Frage, die plötzlich aus der schönen alten Zeit mitten ins Heute sprang, nicht zu Ende.

„Deine Ursel hat mir geschrieben. Aus einem Platz in Amerika, den ich in ihrer konfusen englischen Schrift, in der ein Buchstabe genau aussieht wie der andere, absolut nicht entziffern kann. Und auf dem Atlas, den ich dann stundenlang durch die Lupe betrachtete, habe ich auch keinen Namen gefunden, der etwa so heißen könnte.“

„Aus Madison in Wisconsin schrieb und kommt sie.“

„Ja – so ungefähr kann's geheißen haben. Sie hat mir geschrieben, daß sie über den Ozean fährt. Daß sie Sehnsucht hat nach dir. Und dann habe ich vorgestern die Kinder deines Freundes von Ithaka hier in der Nähe im Wald getroffen. Die haben mir gesagt: ‚Tante Beate‘ – denn, so selten ich sie sehe, sie sind lieb und zutraulich zu mir – ‚Tante Beate, weißt du schon, es kommt ein Freund von Papa, und das ist dein Bruder.‘ “

Julius hörte nicht mehr recht zu. Ein Wort, das die Schwester vorhin gesprochen, hielt seine Gedanken wie ein Haken fest.

„Sehnsucht, sagtest du vorhin. Sehnsucht – nach mir. Das Mädel hat mich doch kaum gekannt.“

Beate sah einen Augenblick durchs Fenster über die See hin, auf der gerade eine hübsche weiße Segeljacht im Sonnenglanz vorüberzog. Dann sagte sie langsam:

„Und doch eine Sehnsucht. Eine Sehnsucht, die vielleicht – Weiber sind wir schließlich alle – ein ganz klein bißchen gepaart ist mit Reiselust und ein bißchen mit Neugier. Sie hat, schreibt sie, in einer amerikanischen Zeitung einen Aufsatz über die schönsten Frauen der verschiedenen Völker der Erde gefunden. Weißt du davon?“

„Nein“, sagte Julius erstaunt, „nichts!“

„Dieser Aufsatz war mit Bildern geschmückt, und der Teil, der über Deutschland handelte, zeigte Reproduktionen von Frauenbildnissen berühmter Künstler der Gegenwart. Und unter diesen berühmten Künstlern fand sie ihren Vater obenan, der mit drei oder vier seiner besten Werke vertreten war. Und siehst du, Julius, vielleicht hat der Gedanke an den *berühmten* Vater – schließlich ist sie in Amerika, dem Lande der Sensationen groß geworden – hat, mein’ ich, vielleicht die Erinnerung an den Vater verstärkt und erst wieder recht lebendig gemacht. An den Vater, von dessen Künstlerschaft sie nichts wußte, der sie vor Jahren beim Spielzeug verließ.“

Das Wörtchen „verließ“ war nicht hart gemeint, aber es tat weh.

Nach einer Weile sagte Julius ruhig: „Sie kommt, Beate. Wir werden sehen.“

Beate goß dem Bruder das Glas wieder voll. „Wir wollen auf ein glückliches Wiederfinden trinken, Julius! Vielleicht ist das kein Zufall, das mit dem Aufsatz in der

Zeitung und den Bildern von dir. Vielleicht ist es auch kein flüchtiges Abenteuer, was jetzt auf dem Meere auf dich zufährt. Vielleicht wird aus dem Besuch ein Sichfinden, und aus der Episode ein Dauerglück. Du brauchst eine Frau in deinem Leben. Lächle nicht, ich weiß. Weiß genau, eine wie große Rolle die Frauen – Pluralis, Pluralis – in deinem an Umschau und Erlebnis nicht armen Leben gespielt haben. Aber – *die* Frau fehlte, die einzelne, überdauernde. Hier ist die Einzahl mehr als die Mehrzahl. Die Frau, die du brauchst, kann kaum mehr eine Gattin sein. Die Schwester – auch nicht mehr. Ich tauge nur zur Einsamkeit – du aber gehörst heute und immer in die Welt. In ihr Gewimmel und Getöse, in ihre Unruhe und ihren Ruhm!"

„Ach, wenn du wüßtest, Beate, *wie* egal mir die sogenannte Welt geworden ist! Ich bin von Sylt fluchtartig davongefahren, weil ich anstatt harmloser Sommergenießer, Nervenentspanner, auf Promenaden und Dünen immer wieder Welt, Welt und noch einmal Welt gefunden habe."

„Und könntest sie auf die Dauer doch nicht entbehren. Museen, Theater, Eleganz, Leben, all so was – brauchst du! Das sagen deine Bilder, deine Briefe, deine Augen."

„Sogar die Augen?" lachte Julius.

„Ja. Älter bist du ja auch geworden. Wir sitzen ja nicht hier, um uns Schmeicheleien zu sagen. Wir sind – einer für den andern – das Wahrhaftigste, was wir haben. An den Schläfen schimmert's schon recht silbrig. Das will aber nicht viel sagen. Vater ist auch früh weiß gewesen. Aber um den Mund, siehst du, da liegt ein Zug, den ich von früher nicht kenne. Und der ein ganz klein wenig etwas – na, sagen wir, etwas Müdes, etwas

Abendliches hat; und von dem deine besten Mannesjahre nichts wußten."

„Die besten Mannesjahre sind eben vorbei, liebe Beate."

„Aber die Augen, die doch nur die Pforten sind, durch die für einen, der zu sehen vermag, heimlich, aber ehrlich, das Herz grüßt!"

„Du solltest Verse machen, Beate!"

„Spotte nur, aber höre. Die Augen sind noch verdächtig jung!"

„Mag sein, daß zuweilen noch ein flüchtig flackernd Feuerlein aufflammt in dem alten Holzstoß, der einmal mein Leben gewärmt und erleuchtet hat. Siehst du, Beate – – aber erst wollen wir deinem Räucherschinken alle Ehre antun. Er ist glänzend."

Sie legte ihm mit einem zufriedenen Lächeln die besten Scheiben vor. „Man ißt nicht schlecht in Mecklenburg, nicht wahr?"

„Wahrhaftig, das tut man! Die Spickgans ist auch famos."

„Nicht gerade meine tägliche Atzung; aber wenn so erlauchte und seltene Gäste kommen … Auch den Wein bitte zu beachten. Ein alter Grieche."

„Sieh mal an, ich grüße dich, du Landsmann Homers."

„Ja, ein alter Grieche, den hat mein Mann von einer seiner Reisen, einer seiner letzten Reisen nach Osten mitgebracht …"

Schweigen lag über dem Stübchen nach diesen Worten.

Sie dachten beide Thomsens, des toten Kapitäns, und seiner Fahrten.

„Schwesterchen, Ich darf doch da hineingehen – in

deine gute Stube, oder deinen Salon – oder wie nennst du den Raum?“

„Ich nenn’ ihn – die Bilderstube.“

„Siehst du, Beate, und gerade die Bilder möcht’ ich wiedersehen. Möchte ein paar Minuten stille Zwiesprache halten mit dem, was ich einmal menschlich geliebt und künstlerisch verherrlicht habe. Und wenn du mir eine Bitte erfüllen willst, vielleicht findest du sie sonderbar, aber du hast mir in deiner Schwesterngüte so oft und so viel Sonderbares verziehen. Eine Bitte, so – –“

Frau Beate stand schon an der Tür, die sie öffnete. Ihr Antlitz überstrahlte eine unendliche Güte des Verstehens. Sie nickte nur noch leise, trat lächelnd zur Seite und ließ ihren Bruder Julius an sich vorbei.

„Ich weiß schon“, sagte sie, „du willst allein sein mit deinen Bildern. Ich verstehe dich vollkommen. Du hättest nichts zu sagen brauchen.“

„Du bist in deiner Güte noch ganz die alte, Beate.“

„Wie hätte man das Recht, sich des gleichen Blutes zu rühmen, wenn man immer erst auf das Wort wartete, auf die ausgesprochene Bitte.“

Und Beate klinkte hinter dem Bruder die Tür ein und ging mit leisen, langsamen Schritten, als ob sie einen Träumenden nicht stören wolle, zum Tisch, den sie abdeckte. Julius aber war allein mit seinen Bildern. Allein mit den Frauen, deren Liebe die Höhe seines Könnens besonnt hatte. Die Gipfel seines Lebens nannte sein dankbares Herz mit *ihren* Namen.

*

Nicht ganz so hell wie das gemütliche Eßzimmerchen war dieses dem Meere abgekehrte Gemach. Eine gedämpfte Feierlichkeit lag darüber. Die alten Mahagonistühle aus Vaters guter Stube standen, ein bißchen gravitätisch und unbenutzt, um den runden Tisch, auf dem die gehäkelte Decke lag. Die war noch eine Arbeit seiner Mutter. Darauf unter einer Glasglocke die noch gut erhaltenen Wachsblumen. Ein zierliches Bukett in Weiß und Rot. Das hatte Beates Mutter in ihrer letzten Krankheit mit blassen, kunstsicheren Händen zu ihres Gatten Geburtstag geschaffen. Bald darauf hatten sich diese Hände über einem stillgewordenen Herzen gefaltet. Auch den dunkelbrauen Teppich mit den hingestreuten Mohnblumen kannte er. Da rechts in der Ecke mußte die verbrannte Stelle sein, die Erinnerung an seine erste Zigarette, die brennend wegflog, als der Quartaner damals den Schritt des heimkehrenden Vaters auf dem Korridor hörte.

Von den Wänden aber grüßte seine Vergangenheit in drei Frauenbildnissen. Die waren gewiß das beste, was er je gemalt. Die liebliche Irene Rinck mit den guten blauen Augen und den frischen Wangen. Jungfräulich, deutsch, kaum der Kindheit entwachsen in Lieblichkeit und Unschuld. Durch das mit zarten Gardinen verhängte Fenster von ihr getrennt, Hildur Hansen, die schöne, biegsame Dänin, die so kühl in den Tag lächelte und so leidenschaftlich küßte in den Nächten. Und dort an der Wand die kleine Vera – Vera Gerloff, die – talentvoll, aber ohne viel Ernst – seine Schülerin gewesen war und seine Freundin wurde. Die mit ihren achtzehn Jahren, lieblich und sorglos wie ein Tag im Mai, den langsam Alternden vergessen ließ, daß es Abend werden wollte; daß es Zeit wurde, den Jungen das Feld zu räumen in der Liebe und in der Kunst.

*

Im Haus Ithaka ging Julius ein und aus, als ob er schon seit Jahren den Weg durch das Gärtchen unter den wehenden Birken her zur Terrasse mit der Büste Homers zu machen gewohnt sei. Das war das Hübsche und Selbstverständliche unserer alten Freundschaft. Monate und Jahre konnten zwischen unserer letzten Begegnung gelegen haben, im Augenblick, da wir uns wieder die Hand schüttelten und in die Augen sahen, waren wir die alten, durch Jugenderinnerungen, durch frühere künstlerische Bestrebungen verbunden und durch keine Mißgunst, keinen Argwohn, keine Frau getrennt.

Lux, die ihm gleich bei der ersten Begegnung wohl gefallen hatte, wußte er zu nehmen, wie sie ihn. In den fröhlichen Neckton, der zwischen uns Freunden herrschte, zog er sie munter hinein. Blieb dabei immer der Kavalier, der, etwas altmodisch gerichtet und an die Formen kleiner Höfe gewöhnt, eine Galanterie gegen Frauen als Bedingung des eigenen Wohlbefindens, nicht als einen Zwang der Gesellschaft empfand.

Ohne vorerst die Tiefen seines Lebens zu berühren, trug Julius die kleinen Sorgen der Oberfläche mit dem selbstverständlichen Recht der Freundschaft in unser Haus. Sagte sich gern und ohne viel Vorbereitungen zu unseren Mahlzeiten an; und als ihm plötzlich einmal einfiel, daß er eigentlich recht oft und ein bißchen eigenmächtig über unsere Zeit und unsere Küche verfüge, lachte er vergnügt: „Du siehst, ich ästimiere dich als kleinen König. Als König von Ithaka. Und ich weiß, du hieltest es schon, als du das noch nicht warst, mit Shakespeares sechstem Heinrich, der – noch als Prinz – das für seine Freunde so vielverheißende Wort sprach:

‚Und wenn ich König bin, wie ich es bald zu sein gedenke, dann soll es kein Geld mehr geben. Alle sollen auf meine Kosten essen und trinken …‘ “

„Gut gemerkt“, nickte ich zustimmend. „Aber ich kenne *auch* meinen Shakespeare. Es heißt da weiter: ‚Alle will ich in meine Livree kleiden, auf daß sie einmütig als Brüder leben und mich ehren als ihren Herrn und Versorger …‘ “

„Ja, richtig – !“ schnitt mir Lux mein schönes Zitat ab. „Kleider! Wie ist's, Herr Barrenthin …?“

„Wenn's schon noch ‚Herr‘ sein muß, Frau Lux, dann bitte, doch wenigstens, Herr Julius!“

„Schön. Also, Herr Julius – wie ist's mit Ihren Kleidern, ich meine, mit Ihrem Koffer?“

„Oh, Königin, du weckst der alten Wunde unnennbar schmerzliches Gefühl! Wie der betrübte Äneas zur Dido sagte … Weiß der Teufel, man kommt in diesem allerliebsten Miniaturbild der homerischen Welt nicht los vom Kreis der Trojaner! Das geht so weit, daß ich Ihren Buben heute schon – wie unter dem Zwang der Ilias – ein Holzpferd gekauft habe. Denn das Holzpferd ist, wie Sie wissen, eine Erfindung des berühmtesten Königs von Ithaka.“

„Wo hast du denn das Holzpferd, Onkel!?“ fragte Wolfgang neugierig, der sich aufhorchend mit strahlenden Augen an die Mutter schmiegte.

„Es war zu groß, um es unterm Arm zu tragen – außerdem ist es frisch lackiert und – bitte, hier!“ Julius zeigte das Innere seiner Hände, aus deren Bemalung hervorging, daß das Pferd ein Apfelschimmel sein mußte. „Nicht weg zu kriegen“, seufzte er. „Der Hausknecht des Strandhotels bringt das edle Tier nachher. Jetzt wird es – oder er – noch gefüttert.“

„Aber nein, Sie verwöhnen mir die Kinder zu sehr“, drohte Lux mit dem Finger. „Gestern erst das allerliebste Kegelspiel von Schokolade und –“

„Aber die Kugeln davon hat der Peter schon gegessen!“ denunzierte Evchen, während sich das blonde Peterlein unwillkürlich den Mund wischte, als ob man die verräterischen Spuren des gestern ganz rasch und heimlich verübten Angriffs auf das appetitliche Kegelspiel noch sähe.

„Ich werde, liebe Frau Lux – gemein und gewinnsüchtig, wie ich nun einmal im Laufe der rollenden Jahre geworden bin –, bald, mit Ihrer gütigen Erlaubnis, die Gegenrechnung machen. Denn – denken Sie bloß – der ver... beinah hätte ich geflucht – der Koffer, auf dessen rätselhafte Irrfahrt Sie interessevoll anspielen, ist *noch* nicht in Sicht. Und das ist in diesem Falle direkt eine Tragik. Denn sehen Sie – ich bin wirklich nicht eitel –“

„Na, na!“ drohte ich. „Ich erinnere mich an eine gewisse reich assortierte Krawattensammlung und an eine Wette dahingehend, daß ein angehender Kunstmaler – hieß er nicht mit Rufnamen Julius? – vier Wochen lang jeden Tag einen anderen Schlips um den damals noch etwas mageren Hals legen wollte ...“

„Krawatten – das sind Kinderkrankheiten, lieber Sohn. Wie wir sie alle mal gehabt haben. Deine Vorliebe für ‚Bierjungen‘ war *auch* keine Alterserscheinung! Übrigens bist du mir, glaub’ ich, die bewußte Wette heute noch schuldig?“

„Ich habe gar nicht gewettet. Denn ich war genau im Bilde, daß du gewinnst. Ich wette doch auch nicht am Donnerstag, daß morgen Freitag ist, und wette niemals dagegen, daß, wenn’s heute Rindfleisch gibt in ‚Ithaka‘

und gestern Schweinefleisch gegeben hat, morgen Frikadellen den Tisch meiner Frau zieren werden."

„Seine Vergleiche sind immer noch zwar poetisch, aber abscheulich und tief verächtlich. Also, denken Sie, liebe Gnädige ..."

„Wenn Sie noch *einmal* ‚liebe Gnädige' sagen, nenne ich Sie unwiderruflich: Herr Professor!" Lux sagte das betrübt, aber mit festem Entschluß, indem sie zum Troste ihren Jüngsten auf den Schoß nahm.

„Um Gottes willen, das wäre wirklich eine höchst unedle Rache. Denn sehen Sie – ob Sie nun so genannt werden wollen oder nicht –, gnädig sind Sie doch. Wenigstens gegen mich, der ich mich nun schon am dritten Tag hier im zerbeulten Sakko mit Pietistenknien herumdrücke und die Vornehmheit ihres Hauses kompromittiere – während ich gar kein Professor bin, also auch nicht so beschimpft werden darf!!!"

„Ja, woher kommt das eigentlich, Julius", fragte ich, „du hast doch so viele Hoheiten und Königliche Hoheiten auf allerhöchsten Befehl auf die Leinwand geworfen, daß eigentlich so ein paar Titel – billig wie Brombeeren – –"

„Eben darum, mein Sohn! Aus Brombeeren habe ich mir *auch* nie was gemacht. Wenn die Frage an mich herantrat – und das geschah mehr als einmal durch ein diskretes Anpochen der betreffenden Hofmarschälle – denn, unter uns, die hohen Herrschaften sparen ja bei Verleihung solcher Titel einiges Honorar – –. Na ja, dann sagte ich nur: ‚Liebe Exzellenz, tun Sie mir keinen Professor oder Hofrat an! Den Hofrat schon gar nicht. Aber auch der Professor – sehr schön für Kant und Mommsen – aber er macht früh alt. Das ist, als wenn sich junge Frauen in selbstmörderischer Torheit Kapotthüte aufsetzen. Geben Sie mir lieber einen hübschen Orden. Ich bin Maler und freue mich am Bunten. Und wenn ich denn doch von Zeit zu Zeit in die Kelleruniform schlüpfen und seufzend den Frack anziehen muß, dann finde ich es ganz nett und lustig, wenn unter der schwarzen Frackklappe ein bißchen was Farbiges und Glitzerndes hervorsieht, was die unbekannten Festgäste verhindert, mir zuzurufen: ‚Ober! bringen Sie mir mal rasch...' Apropos – Frack! Ein ganz neuer und moderner ist *auch* in meinem Koffer ..."

„Also, dein Gepäck ist wirklich immer noch nicht da?"

„Ja, bildest du dir vielleicht ein, ich spaße mit so ernsten Dingen? Und ich käme sonst immerzu in demselben schrecklichen Reiseanzug und denselben Stiefeln zu euch? Das Hemd habe ich ja allerdings – mit Respekt zu melden – heute gewechselt. Ich habe mir in eurem Grand-Magazin dieses überaus herrliche Unterkleid – bitte, zu beachten: Zephir, lila gestreift, angeblich waschecht – persönlich gekauft. Nicht billig, aber herzlich empfohlen. Und da ich meine Halsweite natürlich nicht wußte und der redegewandte bedienende Jüngling mich anscheinend beträchtlich unterschätzte, gab er mir leider ein viel zu enges. So daß ich es für möglich halte, daß ich einem der plötzlichen Erstickungsanfälle, die mich von Zeit zu Zeit peinigen, meuchlings erliege. Für welchen Fall ich zur Kenntnis zu nehmen bitte, daß mein schriftlich niedergelegter Wunsch, eingeäschert zu werden, sich – polizeilich gestempelt – in meiner Brieftasche befindet. Und daß ich, falls an meinem Grabe ein Redner beginnt: ‚Denn er war unser ...!' persönlich aus der Urne steige, um ihn zu ohrfeigen."

Während Julius in dieser umsichtigen Weise die wichtigsten Formalitäten seines Leichenbegängnisses anordnete, sah er unverwandt auf die Gartenpforte. Langsam trat dort eben der junge Marchese ein. Wie meistens Blumen in der Hand. Für meine Frau. Und wie immer durch seine betrübte Miene verratend, daß er umgehend schweren Herzenskummer abzuladen wünsche. Auch bei meiner Frau.

„Du!“, sagte Julius rasch in Ton und Stimmung umschlagend, „ist das ein Freund von euch, dieser hübsche Kerl?“

„Ja, insbesondere von meiner Frau. Honny soit qui ...“

„Er ist mir schon am Strand aufgefallen. Ausländer, was? Elegant – und hat ungefähr meine Figur –“

„Ach so, *daher*: hübscher Kerl, elegant – übrigens Respekt! Der Jüngling ist ein besonders edler Italiener und heißt etwas umständlich: Luigi Caponero Marchese di Ferrante.“

„Na, er wird hoffentlich auch auf kürzere Anreden hören? Übrigens ist es noch gar nicht so lange her, da lernte ich in Madrid mal einen, ich glaube, ziemlich direkten Nachkommen des Kolumbus kennen, der siebzehn Titel hatte und sehr, sehr traurig war, wenn man bei der Vorstellung einen davon vergaß.“

Sehr traurig war der Marchese auch. In seinem hübschen, wachsbleichen Gesicht verzog sich kein Muskel, als er uns begrüßte: „Mille scuse se disturbo di nuovo. Ma non posso passare davanti a questo caro giardinetto senza salutar Loro che m’hanno sempre accolto con tanta gentilezza.“

Die melancholischen, dunklen Augen in dieser tragischen Maske wurden um keine Nuance heller und freundlicher, als er sich bei der Vorstellung höflich vor Julius verbeugte, den ich ihm als einen „grande pittore“ und als „amico furioso della sua patria“ vorstellte.

Lux brachte eisgekühlte Limonade, denn die Sonne brannte schon mit großer Kraft vom wolkenlosen Himmel. Die Kinder verabschiedeten sich, um noch an den Strand zu gehen.

„Wann malst du mich, Onkel?“ fragte Wolfgang übermütig den Maler, der scherzend seine Kinderhand festhielt.

Aber das Schwesterchen verwies ihm das: „Der Onkel, der malt doch nur *Damen*, Wolfgang! Wenn er wen malt, dann malt er doch nur mich oder die Mutti oder die Pauline.“

„Mich auch!“ protestierte Peterchen, der sich unter Malerei wohl etwas mit einer Mahlzeit Verbundenes vorstellte. Und in all solchen Fällen, wo etwas gegessen wurde, war er ungern übergangen.

„Ach, Kerlchen, mein ganzes Malgerät ist ja auch in meinem Koffer, der nicht kommen will.“

„Was du uns mitdebracht hast, is *auch* in Toffer?“ forschte Peter interessiert.

„Wollt ihr wohl!“ Ich klatschte in die Hände und trieb die drei Strolche lachend durch den Garten zum Pförtchen, an dem Martha schon, die gerollten Badetücher unter dem Arm, auf sie wartete; sichtlich besonders geschmückt, was darauf hindeutete, daß wieder ein zugereister Jüngling aufgetaucht war, der durch Blicke oder sanfte Rede mancherlei Unterhaltsames als Mensch und Tänzer versprach, und dem sie am Strande wieder zu begegnen hoffte.

Als ich auf die Terrasse zurückkam, hatte sich der Marchese seinen Stuhl schon dicht zu meiner Frau herangerückt, die ihm freundlich, von Zeit zu Zeit mit dem Kopf nickend, zuhörte. Ich vernahm nur gerade, wie er sagte: „Oh, gutte Gnädigste, wenn daß Sie wißten, wie mir schlecht zumutt…“

„Er hat *meine* Figur, wahrhaftig!“ sagte Julius leise zu mir, indem er den Marchese musterte mit dem Blick eines Zuschneiders. „Ob ich es wage? Denn was mir hier euer Schneider angeboten hat – ! Einen fertigen Anzug, den angeblich ein sehr vornehmer Kurgast bestellt und dann – weniger vornehm – nicht abgeholt hat … Der Mann muß einen Bauch gehabt haben wie der selige Falstaff, kurze Beine wie der große Napoleon und eine Taille wie der edle Ritter von la Mancha. Also, ich sah einfach in dem Zeug aus wie eine Jahrmarktsfigur. Und dabei immerzu dieser scheinheilige Tailleur um mich herum mit Stecknadeln im Mund und mit Zentimetermaß und Kreidestückchen in der Hand und immer wieder versichernd: ‚Ein paar kleine Änderungen, und der Anzug wird dem Herrn wie angegossen sitzen …‘ Na, ich verzichte auf den Anguß! Aber wie soll die Tragödie enden? Ich bin zu Fürstinnen und Infantinnen gefahren und habe mir immer nur rasch vom Diener – den habe ich übrigens jetzt abgeschafft, die Zeit will Sparsamkeit – das Nötigste zusammenpacken lassen, kaum selbst nachgesehen. Diesmal – lieber Gott, das eigene Kind, achtzehn Jahre oder neunzehn, ein Mädel, das auf dem großen Ozeandampfer kommt, vermutlich in fabelhafter Gesellschaft – ein bißchen klopfenden Herzens – voll Neugier –. Und nun der eigene Vater, den sie viele Jahre nicht gesehen hat, dessen sie sich vielleicht überhaupt nicht mehr erinnert! Man möchte doch einen guten Eindruck machen – nicht zu alt ausschauen und nicht zu spießig – nicht wie ein Schuster aus Kötschenbroda. Denn unser erster Eindruck – du weißt, so was wird man nachher nicht mehr recht los. Und ich möchte mich auch nicht vorstellen: ‚Mein liebes Kind … es wird dich zwar wundern – aber ich bin dein Vater … Erschrick nicht! Ich gewinne bei näherer Betrachtung.‘ “ – So scherzte er. Aber man spürte unter, hinter seiner Rede ein Herz schlagen, ein bißchen ein banges, erwartungsvolles Herz. Aber er blieb in dem munteren Ton leichter Selbstironie. „Also was rede ich viel! Du kannst dir denken, diesmal hab’ ich *selbst* gepackt. Erstens, weil ich, wie gesagt, keinen feierlichen Diener mehr habe – und dann, weil ich unbedingt nur das Beste und Vorteilhafteste mitnehmen wollte. Den Badeanzug habe ich mir sogar neu gekauft, obschon der vom letzten Jahr, vom Lido, schließlich noch gegangen wäre … Und nun – der Teufel hole die Bescherung – nun schwimmen oder fahren drei tadellose Sakkos, ein halbneuer Smoking, ein ganz neuer Frack, entsprechende Stiefel, Strümpfe, Unterzeug, Krawatten – zwei zu sieben Mark das Stück, sonst trage ich nur zu drei Mark achtzig …“

„Eine Equipierung wie ein Hochzeiter. Das muß man sagen!“

„Ja, so ungefähr. Das fährt nun alles irgendwo auf der preußischen oder auf der mecklenburgischen Staatsbahn zwecklos herum; vorausgesetzt, daß es nicht gar schon nach Schweden oder Rußland oder was weiß ich wohin unterwegs ist! Ich aber, laufe hier herum wie – wie –“

Halb lachend, halb tröstend klopfte ich ihm auf die Schulter. „Weißt du nicht, was Angelus Silesius gesagt hat? ‚Mensch, alles, was außer dir, das gibt dir keinen Wert – das Kleid macht nicht den Mann, der Sattel nicht das Pferd!‘ “

„Und ich sage dir, lieber Freund – die Mystik des kaiserlichen Hofmedikus in Ehren, und alle Hochachtung vor deinem blendenden Gedächtnis –, aber wenn dein

Angelus Silesius – nach fünfzehnjähriger Entfremdung – sein leibliches Kind und noch dazu sein weibliches Kind, seine Tochter am Schiff abgeholt hätte, dann hätte er vermutlich den Blödsinn für sich behalten!"

„Daß ich's nicht vergesse, lieber Marchese! Ich glaube, Sie können unserem Freunde hier, dem Meister Barrenthin, ohne viel Schwierigkeiten einen großen, einen ganz großen Dienst leisten."

„Ich –?! Aber, bitte!" Über das Gesicht des grundgütigen und stets hilfsbereiten Marchese leuchtete es. Er spitzte die Ohren. Und ich erzählte ihm von den ganz besonderen Nöten des Freundes, der – gänzlich ohne sein Verschulden und entgegen allen umsichtigen Vorbereitungen – in einem ziemlich schäbigen Reiseanzug sein geliebtes Kind, seine fern von ihm zur Jungfrau erblühte Tochter heute mittag vom Dampfer abholen sollte ...

Ich hatte noch nicht geendet, als der Marchese nach seinem Hut griff und, weiteren Erörterungen abwinkend, rief: „Oh, wie glücklich, daß ich bin! Tutto il mio baule é zeppo di abiti nuovi. Ich haben drei ganz neue Anzüge – noch gar nicht angetan – in meiner Kuffer. Ich gehen holen, bitte – in fünf Minuten – wenn ist spät: in sieben – ich bin wieder da ...!"

„Nun wird Ihr Ehrgeiz herrlich belohnt, Herr Julius", lachte Lux vergnügt, „nicht als alter Professor – das mögen Sie nicht –, aber als junger Marchese stehen Sie auf der Brücke heute nachmittag und winken der heranfahrenden Tochter mit einem Tüchlein zu, worin die neunzackige Krone gestickt ist."

„Nun, seien Sie so gut, Frau Lux, mein eigenes Taschentuch hab' ich doch wenigstens noch."

„Protze nicht, Julius", mahnte ich, „stecke dein eigenes Tüchlein ein und bedenke, was du von mir und

Angelus Silesius gelernt hast: ‚Mensch, alles, was außer dir, das gibt dir keinen Wert – das Kleid macht nicht den Mann, der Sattel nicht das Pferd.‘ “

„Pferd!“ sagte Julius nachdenklich. „Ursel schrieb mir, ob wir gute Pferde in Deutschland haben. Sie freue sich auf die Morgenritte mit mir. Und ich habe seit zehn Jahren auf keinem Pferd mehr gesessen ...“

*

Als der „Kronprinz“ von Warnemünde um den fichtenbestandenen Vorsprung der Bucht bog, war die Landungsbrücke schon recht belebt.

Nicht alle, die da standen, erwarteten Freunde und Verwandte mit dem Dampfer oder wollten selber die kleine Strecke nach Müritz auf dem Dampfer weiterfahren. Die Ankunft des Nachmittagsschiffes war eben eines der täglichen Ereignisse, denen beizuwohnen in dem geruhigen Badeleben unterhaltsam schien; ja, das unter Umständen eine gewisse Sensation werden konnte. Man sah da biedere Rostocker Bürger, stullenbepackten Mittelstand, als Ausflügler; sah flotte Warnemünder Eleganz, die ihren Flirt dem dortigen Strandklatsch für einige Stunden entziehen wollte; und wenn man Glück hatte, genoß die heimliche Schadenfreude unter der Maske der Anteilnahme den jammervollen Anblick einiger Seekranker, die mit blassen Lippen die Stunde ihrer Geburt und den Tag dieser Meerfahrt verwünschten. Aber so viel Unterhaltliches war heute nicht zu erhoffen. Das Meer war zu ruhig. Und die sanften Buckel auf der glasgrünen Fläche waren unscheinbare Stilfehler dieses ganz auf Sonne, Wärme, Trägheit gestimmten Tages. Den Mittelpunkt des Getriebes auf dem breit ausgebauten Brückenkopf bildeten die Kuckucks. Schon durch seine übermenschliche Größe war der Kurdirektor dazu verurteilt, wo er auch auftauchte, so etwas wie ein Zentrum der Ansammlung zu markieren oder, vielleicht besser, eine jener hochragenden Säulen darzustellen, um die bei römischen Wagenrennen die Quadrigen herumrasen mußten. Der gebräunte Brückenwärter, der seinen fleißigen Schollenfang zweimal am Tage schimpfend unterbrach, um dem anlegenden Dampfer mit geschickter Hand das Seil zuzuwerfen, und der durch nichts in seiner philosophischen Ruhe zu störende einzige Dienstmann und Gepäckbesorger des Bades hatten ihre Mützen gezogen. Nach mecklenburgischer Art, nicht gerade zu tief oder devot; immerhin so etwas wie ein Gruß leicht markierend. Verschiedene der Kurgäste tauschten mit dem stets erfreuten Kommissar und seiner, für ihre Jahre etwas leicht und duftig gekleideten, Gattin korrekte Verbeugungen.

Das Kuckucksche Ehepaar selbst befand sich in einiger Erregung. Es hatten den Obersten keinerlei Pflichten der Repräsentation auf die Brücke geführt. Das bescheidene Zeremoniell, das die Ankunft der Fremden hier alltäglich zweimal erforderte, übernahmen der Brückenwärter und der wortkarge Dienstmann Moll, die das schon seit Jahren übten, mit gewohnheitsmäßiger Routine. Herr von Kuckuck hatte die Gattin hierher begleitet, und zwar schon zum vierten Male innerhalb der letzten drei Tage. Der längst angesagte junge Graf Wunsiedel war nunmehr fällig und überfällig. Und weil man bei der Neigung dieses sonst angenehmen Jünglings, gerade bei der Ankunft an irgendeinem Ort gleich ein wenig in allerlei Abenteuer und unerwünschte Bekanntschaft zu entgleisen, darauf bedacht sein mußte, ihn sofort in verwandtschaftliche Fürsorge und in sorgende Obhut zu nehmen, legte Carola Wert auf persönlichen Empfang.

Auf halber Brückenlänge hatte Goldenstern die langsam schreitende Beate Thomsen eingeholt. Es war die Zeit, in der seine Ausstellung nicht überlaufen wurde und Alice, als Aufsicht und Auskunft, für das Geschäft durchaus genügte. So liebte er's, bei gutem Wetter den Mittagsdampfer ankommen zu sehen; wobei er mit kundigem Blick die aussteigenden Fremden ein wenig auf ihren Kunstsinn und ihre Kaufkraft taxierte. Aber da er nun nach höflicher Begrüßung neben Beate ging und diese zögern sah, sich in das zahlreiche Publikum am Brückenkopf zu mischen, war ihm diese Begegnung lieber und wertvoller als das Zuschauen beim Anlegen, das sowieso bei so ruhiger See nichts Außerordentliches versprach. Auf eine höfliche Frage Beatens, die, stehenbleibend, das Glas vor den Augen, ihren Bruder Julius suchte, gab Goldenstern in seiner umschreibenden Art Auskunft über den Geschäftsgang: „Nun, wie soll's gehen, Frau Thomsen, – mein Vater hat immer gesagt: Wenn das Unglück erst da ist, nachher ist *immer* noch Zeit zu klagen. Man hat seine Sorgen, aber man hat auch zu leben, nicht wahr? Und wie heißt's im Talmud? Besser eine Gurke, die man auf dem Teller hat, als die Hoffnung auf einen Kürbis. Aber Sie, Frau Thomsen, wie wohl daß Sie aussehen, unberufen – !"

„Wirklich? Gerade heute geht's mir eigentlich nicht zum besten." Beate rang ein wenig nach Atem, aber sie zwang sich zu einem freundlichen Lächeln. Es war ihre Art nicht, Fremde mit Referaten und Klagen über ihre schwankende Gesundheit und ihr unruhiges Herz zu unterhalten.

„Nein, so wahr ich lebe, Frau Thomsen – frisch und jung – und man sagt doch, daß Sie nächstens schon siebzig –? Aber Pscht! ich hab' nichts gesagt. Wer nicht tanzen will, dem soll man auch nicht aufspielen. Aber ich kann mir schon denken, daß die Freude über den Herrn Bruder –"

„Ja, allerdings – das ist eine große Freude für mich!"

„Eine große Freude und ein großer Bruder! Also, mein Vater hat immer gesagt: Ein Freund ist besser als ein Dutzend Verwandte. Aber so 'n Verwandter, Frau Thomsen – das ist mehr als ein Dutzend Freunde. Und wie bescheiden, daß er dabei ist! Wo doch ein jeder weiß, *wer* daß er ist. Hab' ich nicht recht? Und alle verehren ihn!"

„Nun, ich weiß nicht" – Über Beatens gutes altes Gesicht flog ein Schatten – „in der letzten Zeit hat die Kritik manchmal – seit die neue Richtung – – Haben Sie nicht auch den Eindruck, Herr Goldenstern –?"

„Kritik? Frau Kapitän, ich will Ihnen was sagen. Was gibt sich ein Mann, wie Ihr Bruder, ab mit der Kritik? Was stellt er viel aus in Berlin, statt einfach zu verkaufen. Vom Ladentisch weg – bildlich – ich mein' von der Staffelei. Er hat's doch nicht nötig, mit – – Mein seliger Vater hat immer gesagt: Wenn du mit Hunden schlafen gehst, wachste mit Flöhen auf. Die Kritik, will ich Ihnen sagen, *muß* bissig sein. Sonst liest se doch keiner. E Essig, der wo nit scharf is, is doch kein Essig. Wenn einer bloß immer schreibt: ‚Schön – schön – schön' … Nun, sagt sich sein Verleger, das kann ich *auch* schreiben! Wenn aber einer faule Witze macht, sagen die Leute: Famos – !

Er schob seine Fingerspitzen leicht in Beatens Arm, während er, die Stimme dämpfend, auf sie einredete:

„Was ich sagen wollte – Sie haben doch noch so ein paar schöne Bilder von Ihrem Bruder aus seiner besten Zeit – das heißt, was sag' ich – ein Mann wie er hat immer nur gute Zeiten – aber –"

„Ich verstehe schon, Herr Goldenstern", sagte Beate, indem sie ein paar Schritte vorwärts machte und dadurch ihren Arm löste. „Aber – woher wissen Sie, daß ich –? Verzeihen Sie die Neugier."

„Was soll ich da verzeihen? Neugier ist kein Fehler. Ohne Neugier wär' nichts erfunden in der Welt, kein Pulver und kein Champagner – nicht mal der Moses wär' hinauf auf den Sinai gestiegen.

Meine sehr geehrte Frau Thomsen, ich weiß, es ist 'ne Keckheit von mir – aber da ist jetzt ein Großindustrieller angekommen, ein Generaldirektor aus Duisburg – und – er war heute bei mir – ich weiß, es ist von mir eine Dreistigkeit, daß ich so mit Ihnen – – aber mein Vater hat immer gesagt: Wenn man sich schämt, bekommt man keine Kinder."

Beate war nicht prüde. Sie hatte auch Sinn für ein treffendes Wort, das auf dem weiten Umweg über den Talmud und Midrasch und über das Getto Galiziens an die Ostsee gekommen war. Aber sie fürchtete, der selige Vater des Herrn Goldenstern habe vielleicht noch mehr und noch Kräftigeres in dieser Richtung gewußt und geäußert. Deshalb blieb sie stehen, und ihr vielleicht von der Nähe des Dampfers besonders unruhiges Herz und ihr Asthma bezwingend sagte sie lauter und energischer, als es sonst ihre Art war:

„Die Bilder gehören nicht mir, Herr Goldenstern. Ich habe sie nur in Verwahrung. Sie blieben Eigentum meines Bruders. Reden Sie also mit ihm selbst. Aber ich glaube, Ihnen jetzt schon sagen zu können, er wird sie Ihnen nicht geben; und wenn Sie ihm sehr viel dafür bieten. Aber entschuldigen Sie mich, ich erwarte jemanden dort mit dem Schiff."

Und Goldenstern war mit sich und der Weisheit seines seligen Vaters allein ...

Beate versuchte, zu Julius durchzudringen, dessen charakteristischen Kopf sie ganz vorn in der wogenden Menschenmasse, in der Nähe des unübersehbaren Obersten von Kuckuck zuweilen plötzlich auftauchen sah. Aber die Menschen wankten und wichen nicht und standen wie eine Mauer. Direkt vor ihr die meist hübschen und festlich gekleideten Kinder aus dem adeligen Kinderheim begannen gerade, der blitzenden Stricknadel, die eine ältliche Lehrerin temperamentvoll als Taktstöckchen schwang, tapfer folgend, ein patriotisches Lied zu singen. Das Lied mochte an sich für schön und erbaulich gelten; sein Vortrag aber mitten in einem Menschenknäuel, der einen Dampfer erwartet, hätte nur dann einen Sinn gehabt, wenn etwa Fürstlichkeiten oder Präsidenten von Republiken dieses festliche Schiff benutzt hätten. Davon aber hatte man bis zur Stunde nichts gehört.

Julius aber stand vorn, dicht hinter dem Brückenwärter, der sein Amt um so wichtiger auffaßte, je mehr Personen er hinter sich wußte, dem alten Dienstmann Moll, der im Stehen sein Nickerchen machte, und dem dicken Ortsgendarm, der hier nicht allzu schwere Pflichten der Repräsentation mit umgeschnalltem Revolver und friedfertiger Miene erfüllte. Er zog sich gerade die weißen Handschuhe an; was er immer tat, wenn er des Obersten von Kuckuck ansichtig wurde und so gewissermaßen die „erhöhte Bereitschaft" der Feierlichkeit zu markieren sich verpflichtet fühlte.

Julius hatte ganz unwillkürlich – so wie vorhin der geschäftstüchtige Goldenstern an Beatens Seite – den Arm von Lux genommen. Von Zeit zu Zeit sprach er ein paar mehr oder minder gleichgültige Worte mit ihr. Mehr im Gefühl, so etwas wie Konversation in Gang halten zu müssen, als aus einem Mitteilungsbedürfnis heraus.

Einen Augenblick drehte sich Julius zu mir um, sah mein verständnisvolles Lächeln und erhob den Blick zu dem wolkenlosen Himmel.

„Du willst wohl von da oben Helfer herabwinken in deiner modischen Qual und in deiner Doppelrolle als deutscher Vater und italienischer Marchese?"

„Von da oben? Deine lateinischen Kenntnisse gehen wohl über die klassische Zeit nicht hinaus? Weißt du nicht, was der heilige Thomas lehrte: ‚Beati in regno coelesti videbunt poenas damnatorum, ut beatitudo illis magis complaceat!' "

„Mir scheint, Julius", – ich konnte mir angesichts solcher Kenntnisse die kleine Bosheit nicht verkneifen – „du würdest dich angesichts dieses herannahenden Schiffes vielleicht besser auf dein modernes Englisch als auf dein Kirchenväterlatein besinnen."

Es kam keine Antwort mehr. Nur Lux' vergnügtes Lachen hörte ich noch glucksen. Denn setzte die Sirene des nahenden Dampfers höchst abscheulich ein mit ihrem schrillen, alles übertönenden Schrei, in dem sogar der vierte Vers des patriotischen Liedes unterging, das hinter uns, immer noch nach dem Takte der blitzenden Stricknadel, geschmettert wurde.

Jetzt konnte man einzelne Leutchen auf dem Deck des Dampfers mehr oder minder deutlich unterscheiden. Männlein und Weiblein, auch Kinder. Alle etwas verweht vom Seewind und dicht aneinandergedrängt an der Reling. Auch eine Schulklasse und barmherzige Schwestern schienen darunter zu sein.

Julius hatte, dem Beispiel seiner Umgebung folgend, das Taschentuch gezogen. *Auch* aus dem Besitz des Marchese. Denn es hatte sich erwiesen, daß sein eigener Vorrat in der kleinen Handtasche doch nicht ausreichte; und im „Grand-Magazin“ waren augenblicklich nur Kindertaschentücher, mit allerlei gestickten Neckereien in den Ecken, vorrätig. Er winkte also mit dem Tüchlein, in das etwas groß und grell die Krone eingestickt war, auf die er selbst keinen Anspruch hatte. Winkte immerzu nach dem Dampfer hin, ohne eine Ahnung zu haben, wo unter den vielen der auftauchenden, unruhig bewegten Hüte, Zöpfe, Kappen, Frisuren nun das Köpfchen seines Töchterleins zu finden sein möchte. So verteilte er seine Grüße und Gnaden etwas unsicher ins Allgemeine und winkte mit einem hilflos verlegenen Lächeln allen weiblichen Wesen da oben zu, auch unten und in den Luken, allen, die ihrerseits etwas Weißes zur Begrüßung der am Lande Wartenden zu schwenken schienen.

Der Dampfer rauschte näher. Schoß etwas übers Ziel. Schlenkerte nach rückwärts. Ließ die Balken der Brücke schmerzhaft aufquietschen, an die er sich preßte. Bot seine stattliche Menschenfracht, aufgereiht wie zur Ausstellung, eine Weile unseren Blicken zur Ansicht.

Einige auf der Brücke standen schon durch Zeichen und Zurufe mit Bekannten auf dem Schiff in Verbindung. Winke, Schreie, Lachen, Signalpfeifen und Hundegebell.

Da hörte man dicht hinter uns plötzlich eine alles übertönende männliche Stimme, die hinausschrie nach dem Deck des „Kronprinzen“, als ob sie zum Nordpol durchdringen wolle: „Hallo, Junge!“

Und gleichzeitig hatte ich in der Wirbelsäule das peinliche Gefühl, daß hinter mir eine eiserne Männerfaust sich rasch emporarbeitete, und daß bald darauf dicht über meinem Haupte ein nicht ganz neuer, breiter Kalabreser heftig geschwenkt wurde.

Ich kannte die Stimme, ich kannte den Rückenpuff, ich kannte den Kalabreser. Dannenberg!

Und jetzt entdeckte ich – geradeaus, gegenüber, nur wenige Meter von uns getrennt –, an der Reling den jungen Mann, frisch, rotwangig, fröhlich, der eine Jachtklubmütze zum Gegengruß schwenkte und, leicht parodistisch sich verbeugend, herunterrief: „Hallo! Alter Herr – willkommen im alten Europa!“

Neben dem jungen Dannenberg aber – denn er mußte es sein – stand in einem schicken rostroten Ledermantel, tief über das pikante Köpfchen eine Ledermütze gezogen, unter der eigensinnige dunkelblonde Löckchen hervorquollen, eine hübsche junge Dame. Schlank, straff, aber doch weiblich. Ich hätte sie auf eine ausländische Sportlady taxiert ... Wie ein Blitz durchfuhr es mich: das ist doch –!

„Julius, dort – sieh dort hin!“

Der Freund, der auch sein Augenglas für die Ferne in dem nicht auffindbaren Koffer verstaut hatte, war gerade dabei, mit einer ältlichen Dame auf dem Schiff, die ihn sicherlich nichts anging, Grüße und Verbeugungen zu tauschen. Meine von einem kräftigen Puff begleitete Anrede setzte diesen unnützen Zeremonien ein rasches Ziel.

Aber Lux riß mit großer Lebhaftigkeit und Freude sofort das Wort und die Aufmerksamkeit an sich:

„Herr Julius – dort, dort steht sie ja! Nein – nicht da – dort! – Dicht neben dem jungen Kavalier, der die Klubmütze schwenkt! …“

„Was mein Sohn ist!“ kam es überzeugt von hinten.

„Sehen Sie denn nicht? – Ja, in dem dunkelroten Ledermantel. Jetzt – jetzt hat sie Sie auch erkannt – Woher? Mein Gott, wahrscheinlich von den Bildern in den Zeitschriften. Sie winkt. Aber so winken Sie doch auch!“

Aber dem armen Julius, der noch eben die alte Dame so scharmant begrüßt hatte, war im entscheidenden Moment das Taschentüchlein des Marchese zur Erde gefallen, und in dem Knäuel und dem Gewimmel war keine Hoffnung, es jetzt oder je wieder nach oben zu fischen. So riß er sich schnell eine illustrierte Zeitung aus der Brusttasche und vollführte mit dieser die seltsamsten Arm- und Grußbewegungen, um die ihn sicherlich Herr von Kuckuck, wenn er nicht so völlig mit der Suche nach seinem Schwager beschäftigt gewesen wäre, glühend beneidet hätte.

Schon schoben der Brückenwärter und der alte Dienstmann Moll die kleine Brücke hinüber zum Dampfer. Zuerst schwankte ein Mann mit zwei Körben voll Räucheraalen herüber. Dann kam eine reichbeladene, dicke Gemüsefrau, hinter ihr eine Schar deutscher Wandervögel, die Laute auf dem Rücken, mit milden Gesichtern und scharfem Geruch. Die Nächste war eine walkürenhafte, hochbusige Dame, die, hinter den meist noch unausgewachsenen Wandervögeln her schreitend, geradezu überlebensgroß wirkte. Sie hatte auf einem Riesenhut, der für eine Seefahrt recht unpraktisch genannt werden mußte, einen wunderlichen ausgestopften Vogel sitzen, wie ihn eigentlich keine Dame außer ihr in diesem Jahre trug. Auch sonst war sie etwas fahrig und phantastisch gekleidet, und ihr Blick, den sie in die Runde schickte, schien leicht beleidigtes Erstaunen auszudrücken, daß hier niemand zu ihrem persönlichen Empfang erschienen und keinerlei Versuch einer spontanen Ovation zu erkennen war. – Dann folgten, blasiert um sich blickend, sehr elegante Kurgäste aus Warnemünde in weißen Strandschuhen und hellen Schlipsen. Biedere Rostocker Bürger schlossen sich an, blasse Nonnen, aufgeregte Schulkinder.

Und wir standen und warteten. Warteten und standen. Dannenberg war neben mich getreten und kniff mich vor Erregung in den Arm: „Gut sieht er aus, mein Junge, was?"

Und jetzt – jetzt kamen die beiden. Barrenthins Mädel, Dannenbergs Sohn. Ohne Übereilung gingen sie über die Brücke. Mit der Sicherheit von jungen Leuten, die schon ganz andere Brücken zu ganz anderen Häfen überschritten hatten. Kamen daher wie gute Bekannte, wie es schien, noch ein Scherzwort tauschend, das englisch herüberklang.

Julius stand wie angewurzelt. Der auf dem Parkett der Höfe und in den Hallen der Burgen so Eingebürgerte verlor ein wenig seine Sicherheit, als ihm so nach Jahr und Jahren sein eigenes Fleisch und Blut, sein Frühling und seine Schuld in diesem reizend erblühten Mädchen gegenübertrat.

„Oh, Papa –!"

Ich schob ihn auf Ursel zu. Bis in das silbrige Grau seiner Haare errötend, nahm Julius das Töchterlein, das aus guten, klugen blauen Augen zu ihm auflachte und ihm ohne Scheu und Ziererei ihren frischen Mund hinhielt, in die Arme. Behutsam, als ob er etwas an ihr zerbrechen könnte, feierlich, als ob es sich um eine kirchliche, genau in Bewegung und Tempo vorgeschriebene Zeremonie zu Orgelbegleitung handele. Und als sie sich endlich lachend losmachte und in gutem, aber etwas fremd klingendem Deutsch sagte: „Papa, ich glaube: wir versperren hier den Platz“, da geschah das Wunderliche.

Der Mann, dessen Reden am Tage, dessen Träume in der Nacht erfüllt waren von dem sehnsuchtsvollen Gedanken an dieses Wiederbegegnen, an die stille Schönheit des Moments, in dem er dieses Köpfchen berührte, diesen Mund wieder sprechen hörte; der Künstler, dessen Seele von der heimlichen Romantik dieses Augenblicks, ehe er ihn lebte, ganz benommen war; der Weltmann, der in den Salons der Fürsten und Nabobs als ein Sicherer hinschritt, fand, verwirrt und bedrängt von dem Ansturm der alten Gefühle und von der Neuheit der Situation, im Augenblick keine andere Sorge in seinem Herzen, kein anderes Begrüßungswort auf seiner kaum gehorchenden Zunge, als dieses:

„Kind, hast du auch deinen Schirm?“

*

Wir hatten unsere Burg wieder an der alten Stelle gebaut, – just wenn man die Holztreppe nahe der Heideschenke heruntersteigt und mit einsinkenden Schuhen, denen der Sand nachrieselt, durch die Dünen bis dicht an den Strand geht, – an der Stelle, wo meine erste Burg vor Jahren stand, als ich noch kein friedlich Heim in „Ithaka“ hatte, noch einsam war, unsicher meiner selbst und meiner Zukunft, müde oft und immer voll Sorgen.

Aber freilich, auch Luftschlösser hatte ich mitten in die Sorgen damals in der alten Sandburg gebaut. Das war keine Kunst. Denn damals war man eines schönen Tages, was man nie gehofft hatte zu sein, Millionär. Und eines noch schöneren Tages war man Milliardär, und an einem vor Schönheit schon gar nicht mehr auszuhaltenden Tage war man Billionär. Und die Papiere stiegen und stiegen ins Phantastische.

Heute hat die See längst die Burg von damals zerstört, hat Tang, Muscheln und Sand und tote Fische darüber geworfen. Ach, und die Luftschlösser früherer Jahre liegen begraben unter faulen Fischen. Und unter dem Riesenunfug, den politische Dilettanten mit Staatswährung und Devisen, mit Inflation und Festsetzung der „neuen Mark" auf – eine Billion Papiermark getrieben haben, zum Schaden aller, die ein Leben lang fleißig gewesen sind und gespart haben, anstatt alles zu verschlemmen und zu versaufen ... Aber Sandburgen sind *wieder* erstanden am ewig bewegten Strand der deutschen See. Und deutsche Fähnlein wehen gar lustig darüber in Wind und Sonne – schwarzweißrot die meisten, als ob „Weimar" gar nicht gewesen wäre; oder doch nur *das* Weimar, das, kühl und stolz, in der Fürstengruft ruht, als erinnerungswürdiges Vermächtnis an eine bessere Zukunft der geläuterten Nation.

Und ich grabe und arbeite in meiner neuen Burg, die so wenig „mein" ist wie irgend etwas, das ich einmal nicht mitnehmen kann, wenn ich dahin gehe – dahin, wo ich viele hunderttausend Jahre gewesen bin, ehe ich nackt, krebsrot und brüllend an einem Hochsommertag auf einem Teppich – wie der große Napoleon – zur Welt kam ... Das Graben stimmt nachdenklich. „Es gibt keine so alten Edelleute als Gärtner, Grabenschaufler und Totengräber. Sie pflanzen Adams Profession fort ..." Die Burgenbauer an der See hat er vergessen, die hemdärmelig, in weißen Hosen die ungewohnte Arbeit tun. Die Burgenbauer, die sich auch so ihre eigenen Gedanken machen beim Graben.

Törichte, unnütze Gedanken wie diese: Warum wirft man mir aus der Nachbarburg allemal, wenn ich nicht da bin, Papier und angeschwemmtes Holz und Glasscherben herüber über den Wall? – „Es kann der Beste nicht im Frieden leben, wenn es dem bösen Nachbar nicht gefällt.“ – Wirklich nicht? Auch nicht am sauberen, sonnenbeglänzten Strande, wo so viele festliche Fähnchen flattern. Wo die Valutabarone früherer Jahre längst verschwunden sind, die manierenlosen Ausländer, die üblen Forschungsreisenden nach billigen Quellen, die den Schnabel ihres Glücksschiffes nach anderen Ufern gewendet haben. Hier, wo Familien nicht mal Kaffee kochen, wie in den biederen alten Gärten in Berlin – aber halbe Tage im Sande ruhen, bauen, essen, sich aus- und ankleiden – hier, wo man in das intime Gemach jeder Burg, in den Strandkorb ohne Furcht und Tadel hineinschauen kann, fühlt man mehr als anderswo, daß der Mensch weniger mit dem Charakter seines Nebenmenschen auszukommen hat, als mit seinen Manieren.

Ob jener Herr dort in der blauen Strandweste daheim Akten schreibt oder Zähne mit Gold füllt oder schmieriges Papiergeld verleiht gegen Prozente, die Wucher genannt werden müssen, geht mich hier nichts an. Ich weiß es ja auch nicht. Aber daß er sich die Fingernägel mit einem großen Messer schneidet, wie Pfeile oder Bleistifte spitzend, das ist grauslich anzusehen. Und der ganze Kerl ist gräßlich. – Aber aus einiger Entfernung …! Die blaue Strandweste leuchtet über der weißen Hose – ein herrlicher Farbenfleck auf der Palette des Sommerbildes! Um der blauen Wirkung willen sei ihm verziehen, was er im Strandkorb vielleicht – und was er daheim … Denn das Blau sitzt so fein, so malerisch stark auf dem Gelb des Sandes und im verwitterten Grau der Körbe.

Und bin ich *mehr* hier – bin ich was anderes? … Wenn ich mir denke: ich ging so wie hier auf der Leipziger Straße in der grünen Strandweste mit dem gelben Rand. Oder mein Nachbar böge so von der Joachimsthaler Straße in den Kurfürstendamm, so in der gequetschten Himbeerjacke mit Perlmuttknöpfen. Oder die Dame dort in grellem Kanariengelb mit der schiefsitzenden weißen Pudelmütze wartete am Spittelmarkt auf die Elektrische…

Aber das ist's, was den Strand so schön macht, das Farbige, das Sorglose, das Bunte, das vom Alltag und den trübseligen Moden der arroganten Steinwüste Losgelöste. Keiner hier ist ein Adonis. Und die Venusse – gleichviel, ob man sie prangend im Fleisch wie Rubens sieht, oder langbeinig wie Cranach, venezianisch blond wie Tizian oder sanft gescheitelt wie Giorgione – die Venusse reinen Stils sind, weiß Gott, nicht häufig. Aber Farben leuchten auf, Farben flitzen durch den Sand, Farben springen ins Wasser, Farben lachen aus den Strandkörben. Und dort von der Brücke gesehen, dort von den Dünen am Walde aus sind wir alle keine Individuen mehr – die Berufe, die Würden, die Sorgen, die Wichtigkeiten liegen ja sowieso irgendwo weit hinter uns im Sand und halten nicht stand vor den anschäumenden weißen Wogenkrönchen, die nur nackte Leiber gelten lassen, nur gebrechliche Wälle von Menschenhand kennen, umschmeicheln und schließlich zerstören wollen.

... So weit war ich gerade in meinen Träumen und Erwägungen gekommen, die das ruhige Rauschen der sanft bewegten See dem im Morgenleben des erwachenden Strandes Einsamen in seine Burg trägt. Da hörte ich den Jubel der Kinder von „Ithaka“. Den Jubel, den ich in tausend Jahren aus dem Gesang der Seligen und dem Gewimmer der Hölle heraushören wollte. Mit dem Ohr des Vaters, den diese Stimmchen einmal frei und glücklich gemacht haben. Dem sie die Jugend wiedergaben, die Hoffnung und den Glauben an einen Frühling der Menschheit.

Die Kinder kamen mit Martha, ihrer robusten, blonden Hüterin, in deren selig umflorten Augen noch der Abglanz eines Tanzvergnügens lag, das sie heute nacht in der lampiongeschmückten „Heideschenke“ als „Italienische Nacht“ genossen.

Die Kinder planschen schon jubelnd vorn im Meerwasser, suchen Müschelchen und lassen Schiffchen schwimmen. Nach Amerika. Denn seit sie aus unseren häufigen Gesprächen über Ursel Barrenthins Reise über den Ozean mancherlei von Amerika gehört haben, ist für sie ein neues Land entdeckt, das in ihrem stets neue Motive suchenden Zeitvertreib die große Rolle spielen kann. Amerika!

„Es war wirklich reizend gestern abend bei deiner Schwester, Julius.“

„Ja, nicht wahr? Die Gute ist’s nur so gar nicht mehr gewöhnt, Gäste zu empfangen. Na, du hast das ja wohl auch an Lieschens Aufregung gesehen, die gewissermaßen das geräuschvolle Satyrspiel zur stillen Tragödie darstellte.“

„Ich hatte allerdings den Eindruck, daß der Abend dem Porzellanbestand deiner Schwester nicht ganz so zuträglich war wie uns allen. Denn die Talente des tüchtigen Lieschens liegen, scheint's, auf anderer Linie als auf der des Servierens."

„Sehr wahr! Und deine arme Frau bekam auch noch die ganze Sauce Bernaise in den Ausschnitt und aufs Kleid."

„Das Kleid war sowieso schon etwas unmodern, und –"

„Jetzt sage nur noch, daß es durch die Sauce Bernaise direkt verschönt wurde! Höfliche Leute haben, wenn sie von anderen bekleckert werden, immer gerade Kleider an, die sie eigentlich schon verschenken wollten. Aber weißt du, lieber Freund, das eben hat mir deine Frau so nahe gebracht, daß sie so ungezwungen vergnügt über das Unglück lachte und meiner armen Schwester die Beschämung ersparte."

„Kein Wort mehr davon!" Wie ist ihr übrigens der etwas verlängerte Abend bekommen, der Frau Beate? Hast du die alte Dame heute schon gesprochen?"

„Ja. Sie saß im Gärtchen in der Sonne mit geschlossenen Augen – als sie mich hörte, ermunterte sie sich, markierte Freude und empfand gewiß auch Dankbarkeit für unser aller Besuch gestern. Aber ich sah es ihren tiefliegenden Augen an, hörte es aus der verlangsamten Sprechweise, sie hat wieder wenig oder gar nicht geschlafen."

„Wie leid mir das tut! Und sie hat doch gestern – wie der alte Ziethen – so lange für uns gewacht."

„Ich habe –" Julius sah ernst vor sich hin und zeichnete mit dem Stock Kreise in den Sand – „ich habe den jungen Doktor Dannenberg gebeten, sie doch mal gründlich zu untersuchen. Der hiesige Arzt ist mir fremd und –"

„Ja, kennst du denn den Doktor Dannenberg schon von früher?“

„Nein. Bis vor zwei Tagen wußte ich kaum etwas von seiner Existenz – das heißt, ja – ich erinnere mich dunkel, daß unser alter Dannenberg manchmal in der Akademie von seinem Jungen und seinen Streichen sprach ... Aber sieh mal, geht dir das nicht auch so: wenn ich von einem Menschen den Vater kenne und halte den bei allen Menschlichkeiten, die ihn zuweilen ein bißchen ungenießbar machen, für einen der ehrlichsten, anständigsten und gründlichsten Menschen auf dieser von recht verschiedenartigen Exemplaren der Gattung Mensch bevölkerten Erde; und ich weiß außerdem von jemandem, den ich liebe, und der den Sohn dieses Vaters selbst kennt, daß der Betreffende bei aller Fröhlichkeit im Leben ein ernster, pflichtbewußter, in seinem Fache tüchtiger Kerl ist, zu dem ...“

„Du meinst, deine Ursel kennt ihn?“

„Das mein’ ich. Und Ursel... Mein Gott, ich kann mich irren, wenn ich von ihr Gutes spreche.“

„Ich finde sie allerliebst.“

Ich klopfte ihm die Schulter. „Ich auch, Julius.“

„Siehst du, das ist lieb. Aber – freilich, du würdest schließlich jetzt – zu mir – nichts anderes sagen, wenn du auch mancherlei heimlich auszusetzen hättest.“

„Weil ich dein Freund bin, würde ich das? Nein! Das wäre ja eine feine Freundschaft!“

„Lieber Junge!“ Julius legte mir, gütig unterbrechend, die Hand, an deren kleinem Finger nur ein einziger Saphir blau aus der Perleinfassung funkelte, auf das Knie. Unwillkürlich sah ich hin, während er sprach, und dachte: das ist wirklich nicht wunderbar, daß eine so gutgeformte, kultivierte Hand so Kultiviertes schaffen konnte und sich auf so manchen Frauenscheitel legen durfte. Aber Julius, der, beim Sprechen die Ferne suchend, über das Meer sah, auf dessen ruhiger Fläche ein paar kühne Paddelboote sich hinausgewagt hatten und nun verwegen, aber doch nicht allzu weit vom sicheren Küstensaum ihre Künste zeigten, erriet meine abschweifenden Gedanken nicht und sagte: „Lieber Junge, wir haben zusammen den Sallust gelesen. Lang, lang ist's her. Und vielleicht erinnerst du dich mit deinem vorbildlichen Gedächtnis noch der Definition, die der Freund eines größeren Julius von der Freundschaft gibt. Lateinisch weiß ich's nicht mehr genau, deutsch aber lautet sie etwa so: Das Nämliche wollen und das Nämliche nicht wollen – das erst ist unwandelbare Freundschaft ..."

„Lieber Julius, der Kleinere", lachte ich, „ich werde den Sallust ad absurdum führen. Ich wollte mal ein berühmter Maler werden – und du bist's geworden."

„Du kannst schließlich mit dem, was du geworden bist, auch sehr zufrieden sein, mein Lieber. Wenn ich" – er deutete mit der Silberkrücke seines Stockes leicht nach der Richtung hin, wo eben die drei Kinder, nackt wie die Putten des Cinquecento, ein kleines Sandhäufchen umtanzten, das sie wie ein heidnisches Altärchen mit Tang bekränzt und mit Muscheln verziert hatten – „wenn ich die dreifache Daseinsfreude dort als mein Lebenswerk zu verzeichnen hätte, das Trio, das ich aufwachsen sehen dürfte aus seiner Hilflosigkeit bis zu meiner Stütze – Gott bescher' dir's! –, dann gäbe ich viel dafür von dem, was ich geschaffen habe. Vielleicht alles."

„Julius, lieber, alter Phantast! Denk' dir mal, du müßtest die drei wundervollen Bilder auslöschen aus deinem Leben und Schaffen, vernichten, verbrennen – die drei, die ich gestern bei unserem kleinen Fest in ‚Lütt Hütt' zum ersten Male zu schauen gewürdigt wurde. Denn so oft ich auch deine Schwester, eh' du kamst, besucht habe, sie öffnete mir nie das geheimnisvolle Zimmerchen nach dem Walde hinaus. Und sie sprach nie von diesem Schatz, den sie behütete wie –"

„– wie ein Drache, sag's ruhig. Aber wie ein sehr, sehr gütiger Drache, wenn's so was überhaupt gibt. – Ach nein, da darfst du keine falschen Motive suchen. Sie wußte einfach nicht, ob sie durfte. Ob ich – aber das ist ja nun gleichgültig. Du hast sie gesehen, und du findest sie wirklich gut, die Bilder...?"

„Was ich fand und empfand, habe ich dir am ehrlichsten gezeigt, indem ich vor Ergriffenheit schwieg; und indem ich dann ganz still zu Dannenberg ins Nebenzimmer trat und ihm ins Ohr flüsterte: Gehen Sie da hinein, Professor, und nehmen Sie reuig alles zurück, was Sie über Ihren Schüler je im Zorne geäußert haben!"

„Das war lieb von dir. Der Alte hat mir nachher mit hocherhobenem Glas zugetrunken – gestern abend war ich stolz. Gestern bei meiner Schwester, als ich dich und deine Frau, Ursel und den jungen Doktor und den immerhin durch seine südliche Heimat und seine an Kunst und Verbrechen reiche Familiengeschichte in artibus ein wenig verwöhnten Marchese vor den Bildnissen der drei Frauen stehen sah, die doch schließlich – auch von mir gemalt sind."

„Gemalt und – gebeichtet, Julius! mit dem Herzen geschaffen und darum unvergeßlich."

Julius drückte mir schweigend die Hand. Dann sagte er, und seine Stimme klang ein wenig umflort: „Das war ein merkwürdiger Augenblick in meinem Leben, als ich das hübsche Kind, ernst und besonnen, die lachende Jugend seiner Mutter mit den Augen grüßen sah. – Wir hatten so jung geheiratet – ich habe mir's ausgerechnet, die Mutter ist auf dem Bilde genau so alt wie die Tochter jetzt. Ein paar Tage nur Unterschied. Und das gab dieser Begegnung das Wundersame in meinem Gefühl. Das seltsam Symbolische. Und dann, verstehst du das? – ich hatte, ehe das Kind kam, gründlich, allzu gründlich, wie der unverbesserliche Deutsche nun einmal ist, über Amerika manches gelesen, vieles – und mit besonderem Interesse – über seine Frauen. Was ich nur in die Hände kriegen konnte, wahllos vielleicht, planlos. Denn siehst du, ich sagte mir immer wieder: ihr Blut ist deutsch, gewiß. Aber – die Erziehung ist da drüben eine so ganz, ganz andere. Die Umgebung, das Milieu, die Interessen und Ziele – alles, alles hat so wenig gemein mit deutschem Denken und Fühlen. Kurz, ich mußte mit einer ‚Amerikanerin' rechnen. So las ich bei Georg von Skal von dem tiefgewurzelten Glauben des Amerikaners, daß die Frau unter allen Umständen und in allen Lebenslagen veredelnd wirkt. Woraus denn die oft jedes vernünftige Maß weit überschreitende Bereitwilligkeit der Amerikaner hervorgeht, sich der Frau und ihrem Willen unbedingt zu unterwerfen. Daher auch das gewiß nachahmenswerte, ritterliche Bestreben in allen Fällen und Lagen, die Frau oder das Mädchen, das sich dem Manne anvertraut, unbedingt zu schützen. Das alles erklärt er daraus, daß in der Zeit der meisten Niederlassungen dort diese primitiven Quartiere fast ausschließlich von Männern bewohnt wurden, und daß die Seltenheit der dort erscheinenden Frau diese überzeugte Verehrung zu naturgemäßer Folge hatte. Und dann las ich das Schlimmere bei Bellegarrigue. Las, daß die Amerikanerinnen in eitler Selbstbeschauung leben, das Geld anbeten und die Männer verachten. Und fand bei der Französin Charlotte Chabrier-Rieder –"

„Ist das die Frau oder Tochter des Komponisten des ‚Roi malgré lui' –?"

„Das weiß ich nicht. Jedenfalls hat sie Kluges über Amerika und seine Frauen geschrieben. Und alles, was sie schrieb, war, wie das eben Erwähnte, keineswegs sehr tröstlich für einen europäischen Vater, der in seines Herzens Unruhe ein in Amerika aufgewachsenes Töchterlein an der deutschen See erwartet. Schließlich war's ein kleiner Trost, als ich dann ein amüsantes Büchlein von Kurt Aram in die Hand bekam – den kennst du doch?"

„Natürlich, mit dem bin ich sogar in die Schule gegangen."

„Na also. Aber seitdem ist er in Amerika gewesen und hat hinzugelernt. Und du nicht."

„Du auch nicht."

„Leider. Und das rächt sich nun bitter. Aber ich habe gutzumachen versucht. Ich habe eben über Amerika gelesen. Gelesen, bis ich dicke Augen bekam und das Malen fast verlernt hatte. So hab' ich, spät, aber energisch, das Loch unserer Bildung zu stopfen versucht."

„Und was verdankst du diesem zuletzt genannten Büchlein?"

„Ich verdanke ihm, sagen wir, die mildere Auslegung alles dessen, was ich vorher mit Schrecken genossen hatte. Der amerikanische Mann, meint dein Kompennäler Aram, respektiert in der Frau nicht nur das Geschlecht, sondern auch die Kultur. Und sein Respekt sei um so größer, je weniger ihm selbst, dem ewig dem Dollar Nachhetzenden, das Leben Zeit und Kraft für solide Bildung übrigließ. Nun hat *mir* ja *mein* Leben ein bißchen Zeit und Kraft für Bildung und so was übriggelassen. Ich bin also doch vielleicht ein wenig berechtigt, mein Mädel, das von dort herüberkommt, nicht ganz, wie der verhetzte amerikanische Dollarjäger, aus meines Nichts durchbohrendem Gefühle heraus auf mich wirken zu lassen. Aus ihrem Brief sprach ja auch schon bei aller resoluten Frische des Tons ein leiser Respekt vor dem Vater, der ihr in Deutschland – vielleicht mit Unrecht – heute noch etwas zu bedeuten schien. Den Respekt mag geweckt oder gemehrt haben der Umstand, daß dieser Vater gewürdigt wurde, sein Lebenswerk in amerikanischen Journalen zwischen Boxern, Cowboys, genialen Hochstaplern, vertrottelten Milliardären und hochbezahlten Exzentriks ausführlich geehrt zu sehen. In einem Aufsatz, reich mit Bildern geschmückt, die ganz fabelhaft in der Technik des Tiefdrucks reproduziert und mit dem Geschmack einer Schießbude vom Jahrmarkt in Polzin angeordnet waren. Und dann – ja, und dann – –"

„Dann – kam sie selbst."

„Ja. Vom ersten Eindruck will ich ja nicht reden. Denn – es ist merkwürdig, wie man von seinem äußeren Menschen abhängt. Mein Koffer war, wie du weißt, nicht angekommen. Und so stand ich – ich hab's eigentlich nachher erst im Spiegel gesehen – wie die Karikatur eines falschen italienischen Marchese, anstatt wie ein ehrlicher deutscher Künstler auf dem Brückenkopf."

„Du hast's wieder gutgemacht, indem du, wie ich sehe, heute wieder deinen alten Reiseanzug –"

„Ja", – Julius sah betrübt und ohne Begeisterung an sich herunter. „Schön ist er noch immer nicht. Aber aufgebügelt. Der Fürst Pückler-Muskau würde mich nicht grüßen, wenn er noch lebte; und der selige Felix Poppenberg – ein netter Kerl gewesen mit einem bösen

Mund – würde mir einige hübsche Malicen sagen. Aber morgen fahre ich nach Rostock und kaufe mir eine oder mehrere menschenwürdige Hüllen. Dannenberg hat mir zwar vorhin das recht zweifelhafte Lob erteilt, er hätte gefürchtet, in mir einen greulichen Fatzken wiederzufinden, aber wenn er von meiner kuriosen Aufmachung gestern am Brückenkopf absähe, die wohl ein Spaß sein sollte, finde er an meiner unaufdringlichen Erscheinung – wörtlich: ‚unaufdringlich' – wenig zu monieren."

„Ach, du hast den alten Dannenberg heute schon gesprochen?"

„Ja, persönlich. Er strebte gerade mit Sturmschritten nach dem Café Lentz."

„So früh ins Café –? Zum Frühschoppen?"

„Nicht eigentlich. Aber vielleicht so nebenbei auch." Julius hatte sich rasch aus dem Strandkorb erhoben. Auf den Wall springend, der beträchtlich unter ihm einsank, klemmte er mit sicherer Handbewegung diskret ein randloses Monokel ins rechte Auge, und mit gespannter Aufmerksamkeit beobachtete er ein Doppelpaddelboot, das vom Familienbad her über die glitzernde Fläche in der Richtung unserer Burg steuerte.

„Wahrhaftig", sagte ich, seinem Blicke folgend, „ – das sind – das ist deine Ursel – vorn die Dame. Und hinter ihr –"

„– Dannenberg, der Schiffsarzt."

„Praesente medico – Ich kannte einen Gutsbesitzer, der holte immer, wenn er junge Pferde einfuhr, zunächst seinen Hausarzt ab zur Spazierfahrt. Damit er, wenn die Biester durchgingen und er herausgeschleudert wurde, gleich einen Sachverständigen zum Verbinden bei sich hatte."

„Lieb von dir, mir das gerade jetzt zu erzählen."

„Aber Julius, das Mädel rudert ja wie ein Matrose. Da ist doch nichts zu befürchten!"

„Ja, nicht wahr – ?" Er sagte das mit leisem Stolz. „Sie sitzt auch gut, was? Man sollte dem schlanken Persönchen gar nicht die Muskelkraft zutrauen. Sieh nur, wie sie das Ruder –"

„Mir scheint fast, der Doktor ist bei all seinem Eifer weniger sicher."

„Kann man wohl sagen. Er spritzt sie ja naß. Was aber beiden viel Spaß zu machen scheint."

„Zur Vorsicht sind sie beide im Badeanzug."

„Ja, anders würde es auch sehr unsportlich aussehen in so schmalem Kanu. – Jetzt haben sie uns übrigens – oder die Kinder haben sie erkannt –!"

Die beiden im Boot legten wie auf Kommando die Schaufeln über die Knie und ließen das leichte Fahrzeug allein über die ganz sanft gekräuselten Wellen laufen. Ursels hochgereckter Arm winkte mit einem Tüchlein herüber. Der Doktor schwenkte vergnügt seine Mütze, während er sich mit der anderen Hand den Schweiß von der Stirn wischte.

„Sie sollten das Winken lieber bleiben lassen", meinte Julius, leicht beunruhigt, indem er zum Gegengruß sein Schnupftuch wehen ließ. „Diese Nußschale schwankt ja schon ganz bedenklich. – Fahrt doch zu, Kinder, fahrt zu!"

Als ob sie seinen Ruf gehört hätten – was aber bei der Entfernung ziemlich unmöglich war –, griffen die beiden jetzt wieder zu den Rudern, und mit kräftigen Schlägen glitten sie mit dem Kurs nach Westen weiter hinaus, dem fernen Brückenkopf zu.

Während wir so sprachen, bemerkte ich, daß das ferne Paddelboot, in dem Ursel und der Doktor hinausgerudert waren, gedreht hatte und sich langsam wieder auf der sonnigen, jetzt ein wenig vom Wind bewegten Fläche unserem Strandteil näherte. Als ich gerade eine diesbezügliche Bemerkung machen wollte, hörte ich eine grelle Berliner Frauenstimme aus einem Strandkorb hinter uns, die anscheinend dem Gatten erklärte:

„Das soll 'ne klotzig reiche Amerikanerin sein. Neu angekommen. Natürlich muß so was gleich am ersten Tag auffallen!"

„Na, sie tut doch nichts so Besonders", begütigte eine fette, männliche Stimme, die ich schon öfter hinter mir in bescheidener Defensive vernommen hatte.

„Das nennst du nichts Besonderes, Moritz? Na, fahr' ich denn hier Kanu oder fährst du Kanu?"

„Nein. Aber das liegt vielleicht auch daran: wir können's nicht, liebe Auguste."

„Stuß, du kannst es nicht! Ich hab's einfach noch nicht probiert. Aber siehst du –" Die Stimme, die an sich schon messerscharf und ohne jede Lieblichkeit war, wurde jetzt schrill und schmerzhaft, als sie in eine Art Triumphgeheul überschlug. „Siehst du wohl, Moritz – sie kann's auch nicht, die Amerikanerin! Und der Mann oder der Galan, oder was er schon ist, kann's noch weniger. Das – das – haben sie nun von der Sportprotzerei!"

Ich glaube, ich hatte die Augen unwillkürlich ein wenig geschlossen. Was ich meist tue, wenn mir jemand im Omnibus oder Theaterparkett auf die Zehen tritt, oder wenn mein beleidigtes Ohr solch unangenehme Stimme vernimmt. Als ob diese wunderliche Reflexbewegung mich vor dem Schmerz in der Fußspitze oder vor Fortsetzung der peinlichen Geräusche schützen könnte! Den Sinn der eben vernommenen Worte verstand ich erst, als sie schon eine Weile gesprochen waren. Ein summendes Getöse in den umliegenden Burgen der Nachbarschaft und ein plötzliches Gekreisch der Kinder schien mir das Wesentliche des Geredes zu unterstreichen.

Ich schaute auf über das Wasser – und sprang entsetzt so rasch in die Höhe, daß der etwas schief in der Burg stehende Strandkorb mit Julius, der bedächtig kleine Kreise im Sande malte, beinahe umgefallen wäre.

Das Bootchen war, wie ich nun genau sah, ziemlich dicht, vielleicht auf zwanzig bis dreißig Meter Entfernung, an unseren Strandsaum herangekommen. Durch eine unvorsichtige Bewegung der Stoppenden, vielleicht auch an einen von den halbverfaulten Balken stoßend, die dort, von früheren, vom Meer zerstörten Wellenbrechern zurückgeblieben, moosbedeckt, schwarz und glitschig, unter der Oberfläche lauerten, war es in bedenkliches Schwanken geraten. Die beiden Insassen versuchten vergeblich, mit den Rudern auf die Wasserfläche schlagend, das verlorene Gleichgewicht wiederzugewinnen. Eine etwas stärkere Welle half dem Unglück nach. Vor unseren entsetzten Augen fielen die beiden wie die Säcke ins Wasser. Weißer Schaum spritzte auf und kräuselte dann um die rasch wieder auftauchenden Köpfe. Das von seiner Last befreite Bootchen aber schnellte einen Augenblick steil in die Höhe, schien sich um seine Achse drehen zu wollen und kenterte.

Am Strand rings Schreie, Rufe, zweckloses Hin- und Herlaufen. Man glaubt nicht, welche Menge dummer Vorschläge in einer einzigen Minute von einer erregten Menge gemacht werden können. Damen in Untertaillen verkündeten, daß sie in Ohnmacht fallen wollten. Nackte Kinder heulten. Ältliche Fräulein lachten nervös auf. Männer mit dem bunten Hemd über dem Kopf, wie beim Photographieren hinter dem Apparat, offenbar beim intimsten Teil der Toilette gestört, übersprangen zwecklos die Wälle der Nachbarburg. Eine dicke alte Dame schwang, nach Atem ringend, einen Türkenschal nach dem Walde zu, als erwarte sie von dort eine organisierte Rettungsgesellschaft. Ein kleiner Backfisch schrie, die Hände in die Luft werfend, nach einem Rettungsring. Ein sonst friedlicher Spitz, der in unserer Nähe die Kleider eines Rostocker Studenten bewachte, galoppierte mit seines Herrn Hose ins Dünengras. Irgendeinen Idioten aber hörte ich laut und fast mit Genugtuung verkünden: „Ich hab's ja gewußt, – heut ist doch der Dreizehnte!" Mitten im Trubel der Geschehnisse wußte ich in diesem Augenblick, daß diese an sich gleichgültige Feststellung gar nicht richtig war. Und während ich eigentlich etwas ganz anderes zu Julius hinüberrufen wollte, schrie der Pedant in mir wütend seine Erregung hinaus: „Unsinn, heute ist der Vierzehnte!"

Julius hatte nach dem ersten lähmenden Schreck bereits Rock und Weste abgestreift, die Uhr und die Geldtasche hinter sich in den Strandkorb geworfen und war eben dabei, sich mit zitternden Händen der Beinkleider zu entledigen. Er wollte sich ins Wasser stürzen, um sein Kind zu retten.

Ich hielt ihn krampfhaft an der Schnalle seiner resedafarbenen Unterhose zurück. Denn – so ruhig, als ob es sich um eine edle Übung und Erlustigung handele, schwamm dort Ursel mit sicheren Armstößen, den Kopf zur Seite geneigt, auf uns zu. Der Doktor aber, der erst ängstlich nach seiner Partnerin ausgeschaut, hatte jetzt auf der vorgelagerten, uns allen wohlbekannten Sandbank schon wieder Grund; zog nach einigen vergeblichen Versuchen das am Schnabel erwischte Schiffchen kräftig zu sich heran und brachte es mit einiger Anstrengung wieder in die richtige Lage.

Gerade als Ursel triefend den Strand betrat, lachend sich schüttelte und die sie teilnehmend Umringenden beruhigte, war es dem Doktor gelungen, wieder in den Kahn zu klettern. Er ruderte jetzt, übermütig das Tempo beschleunigend, vergnügt, als ob er uns eine hübsche Kunstfertigkeit erfolgreich vorgeführt hätte, auf den Strand zu.

Nur ein Badeschuh Ursels und der Kneifer des Doktors waren bei der sportlichen Übung in Verlust geraten.

Da aber eine alte Dame das Versprechen vieler als einzige wahr gemacht und tatsächlich vor Aufregung in Ohnmacht gefallen war, so hatte der Doktor, kaum daß er den Fuß ans Land gesetzt und das Kanu nachgezogen hatte, schon beruflich zu tun. Klatschnaß bemühte er sich, von Neugierigen aller Altersklassen umringt, um die Ohnmächtige, die, wenig malerisch und käsebleich, in einem Strandkorb kauerte. Er labte ihre bläulichen Lippen mit rasch angebotenem Kognak, bespritzte ihre Stirn mit Kölnischem Wasser, öffnete ihr behutsam die Taille, während ihre ziemlich zahlreiche Familie ihn, wirr durcheinanderredend, angstvoll umstand. Eine Nichte der langsam wieder zu sich Kommenden machte ihm bittere Vorwürfe, daß er gerade im Angesicht der so leicht erregbaren Tante ins Wasser gefallen sei. Ein ökonomisch veranlager Neffe, der zähneklappernd ein dünnes Badetuch fest um seine armseligen Knochen geschlungen hatte, deutete an, daß die Familie, soweit er sie kenne, in Anbetracht der Ursache der Erkrankung durchaus nicht gesonnen sei, die ärztliche

Hilfeleistung in diesem Falle zu honorieren. Und ein mit den Tränen kämpfender kahlköpfiger Herr, der ein wenig aber angenehm nach altem Sherry roch, offenbar der tieferschrockene Gatte, bat den Doktor mit gedämpfter Stimme, doch ja darauf Rücksicht zu nehmen, daß die teure Patientin falsche Zähne habe, die ihr nie gut gesessen hätten.

Ursel aber kuschelte sich vergnügt in unseren Strandkorb. In Julius' heute gekauften neuen Bademantel gehüllt, aß sie meine Schinkenbrötchen, lobte Temperatur und Salzgehalt des Wassers und lachte uns aus.

„Aber no, no, no“, wehrte sie ab, „wenn jemand ins Meer fällt, das ist seine Sache. Die anderen Leute geht das gar nichts an. Er wird schon selbst sehen, wie er wieder herauskommt. Ihr habt's ja erlebt: er kommt heraus ... Oh, der arme Doktor, sieh nur da hinüber, Papa, das Meer hat ihm nichts getan, und jetzt, mir scheint, machen sie ihn da drüben tot.“

„Ja“, nickte ich, „der ganze Strand ist in Aufregung. So was geschieht hier wirklich nicht alle Tage. Seit vor drei Wochen unsere Köchin, die tüchtige Pauline, hier beinahe ertrunken wäre, weil sie zwar nicht schwimmen kann, aber vom kalten Wasser sofort Wadenkrämpfe bekommt, ist nichts Aufregendes hier passiert.“

„Oh, so werden wir sehr berühmt sein schon heute abend!? Das ist fast amerikanisch. Aber nur das. Sonst ist alles hier anders, ganz anders – oh, aber reizend, reizend, Herr Odysseus – ich darf auch so sagen? – Und man darf behaupten: nicht nur reizend, scharmant, sondern auch etwas, was man in Amerika so selten anwenden kann als Wort und Begriff, es ist: gemütlich!“

„So, du findest es wirklich gemütlich hier?“ Der Vater strahlte sie an, als sei der schöne, klare Rundblick, als sei Himmel, Wald und Meer eigentlich sein persönliches Arrangement. Er saß zu ihren Füßen vor dem Strandkorb im Sand, gänzlich unbekümmert darum, daß aus ihrem triefenden Badeanzug recht viel Wasser auf diese Stelle gelaufen war, und daß er eigentlich durchaus in einer Pfütze saß.

Die Kinder mit Martha wurden nach der Badeanstalt geschickt, die dort verwahrten Kleider der beiden Paddler zu holen. Höchst entzückt von der Wichtigkeit dieses ungewöhnlichen Auftrages und von dem so überaus aufregenden Erlebnis, das ihnen solche ehrenvolle Mission verschafft, liefen sie wie die Wiesel durch die hügeligen Straßen zwischen den Strandkörben und über die Wälle. So, daß die minder leicht gekleidete Martha, die auch noch drei Schippen, zwei Fahnen und eine Puppe unter dem Arm und die viel zu weiten Halbschuhe voll Sand hatte, den Flüchtigen kaum folgen konnte.

„Wie hast du eigentlich den jungen Dannenberg kennengelernt, Ursel? Erst auf dem Schiff oder –?" Julius fragte das, während er wohlwollend hinübersah, wo sich gerade der nasse Doktor von der zahlreichen, in den Manieren etwas freien Familie der dem Leben wiedergegebenen alten Dame verabschiedete.

„Aber nein, Mama hat ihn zuerst kennengelernt. In Los Angeles bei einer kleinen Gesellschaft. Er hatte einen Urlaub, der Doktor – ich glaube, einen Monat von seinem Schiff und wollte Kalifornien kennenlernen. Oh, Kalifornien ist schön! Ich denke mir, wie Euer Neapel und Schweden zusammen. Und wieder ein Stück Paris dabei und – ja, und was ihr nirgends habt … Dannenberg ist dann quer durch die Vereinigten Staaten gereist und auch durch Wisconsin. Und auch hier – ich habe doch dort studiert, in Madison – Sprachen und

Geschichte und ein bißchen Musik und viel Sport. Darum" – das sagte sie mit parodistischem Ernst – „spreche ich auch so wundervoll Deutsch, Papa, und fahre so tadellos Paddelboot, nicht? So lobe mich doch!"

„Von einer Kritik des Paddelbootfahrens wollen wir gnädigst absehen. Aber Deutsch – meine Hochachtung für dich und Dank an deine Mutter – das sprichst du wirklich ganz glänzend."

„Ja, weißt du, das mag daher kommen –" Ursel legte die hohe, freie Stirn nachdenklich in Falten, und kein Mensch hätte ihr angesehen, daß sie uns zum Besten hielt – „soll daher kommen: ich soll einen deutschen Vater gehabt haben. Einen richtigen deutschen Vater, der sich allerdings früh – wie Zeus in der Wolke – der Familie entzog. Das hat mir auch Doktor Dannenberg erzählt, als er mit dem Brief von Mama kam und mich besuchte. Und er hat mir mehr noch erklärt: Mein Vater, hat er gesagt, ist in Deutschland ein sehr bekannter Mann, ein berühmter Maler. Nennt man die besten Namen, so wird auch der *seine* genannt – Heine, nicht wahr? – Und *sein* Vater, hat er dann gesagt, ist auch ein Maler, aber nicht so berühmt. Das Berühmteste an seinem Vater ist, hat er gemeint – und ich glaube, es ist ihm nicht leicht gefallen, das zu meinen – das Berühmteste ist, daß er der Lehrer von *meinem* Vater gewesen ist. Und dann hat er noch was gesagt –" Sie fixierte ihren Vater mit schalkhaft zwinkernden Augen und lachte.

„Noch was? – Was Schlimmes?"

„Oh, sehr schlimm. Er malt, hat er gesagt, nur Frauen, mein Vater. Männer –"

„Männer nicht?"

„Nein. Denn er ist ein großer Freund von Frauen, wenn sie schön und von guter Rasse sind, aber –" In

Ursels Gesicht ging ganz plötzlich eine merkwürdige Veränderung vor. Ich hatte selten oder nie gesehen, daß das Antlitz eines jungen Weibes sich in einem einzigen Augenblick so seltsam verändern kann. Noch eben blitzte ein spitzbübisches Lächeln schalkhaft aus den Augen und um die Mundwinkel und ließ die Flügel der feinen, schmalen Nase beben – und jetzt war dieses eben noch so bewegliche Gesichtchen ganz ernst, fast feierlich. Ohne daß die Lieblichkeit seiner weiblichen Züge im geringsten darunter litt, wurde es ruhig, reif und wissend.

„Aber ich habe es nicht geahnt", fuhr sie langsam fort, und in ihrer Stimme war ein sanftes Streicheln – „bis gestern abend nicht geahnt, daß mein Vater so mit dem Herzen malen könnte. Daß seine besten Bilder keine Schmeicheleien sind und keine bloßen Abbilder von Schönem, was die Natur als Frau geschaffen und die Mode in Schmuck und Raffinement betont hat, sondern ein ‚hohes Lied' in Farben."

Julius war blaß geworden. Ganz still und mit gesenktem Blick saß er zu Füßen des schönen Mädchens und ließ, unbewußt spielend, den feinen Seesand durch seine Finger rieseln. Der Saphir an seiner Linken funkelte Licht und Freude. Ich dachte an das, was er vor einer Stunde erst hier zu mir gesagt hatte: „Wenn ich mal richtig stolz war, so ist der Augenblick weniger in den Momenten zu suchen, da mir Komturkreuze mit Eichenlaub oder, wie das auch geschehen ist, Lorbeerkränze mit schrecklichen Versen überreicht worden sind..."

In diesem Augenblick war er stolz. Und doch waren in diesem Augenblick gerade alle kleinen Menschlichkeiten von seiner Seele abgefallen. Der Künstler in ihm fühlte sich gekrönt von einer jungen Hand. Von der liebsten Hand, die er kannte, und nach der in dieser

Stunde am Meer der Alternde im Geiste griff wie nach der heimlich ersehnten, lang entbehrten Führerin in neues Land, in ein nie erkanntes Glück!

*

Julius' Koffer war angekommen. Diese Nachricht brachte Wolfgang, stolz, der erste zu sein, der den Langersehnten gesehen. Durch ein rätselhaftes Schicksal war dieser Koffer, anstatt an die Ostsee mitzukommen, zunächst bis zur Schweizer Grenze gerollt. Nun war er plötzlich von dort, reichlich zerschrammt und mit unzähligen, sinnlosen Zetteln bunt beklebt, zugleich mit einer fettfleckigen Entschuldigung der Bahnverwaltung plötzlich im Strandhotel eingeliefert worden. Julius sah jetzt, wie Lux rühmte, höchst weltmännisch und modern aus und fühlte sich auch sichtlich wohler in den eigenen Anzügen und modischen Krawatten.

Die gewissenhafte Untersuchung der Frau Beate durch den jungen Doktor hatte – wie Julius meiner Frau im Strandkorb unter vier Augen erzählte – leider ein recht betrübliches Resultat ergeben. Das gute, vielgeprüfte Herz der alten Dame war schwach und matt im Schlag. Auch das häufige Asthma, das sie quälte, kam vom Herzen. Sie bedurfte großer Schonung; zu der aber auch gehörte, daß man ihr den ernsten Zustand verheimlichte. Unauffällig war sie als schwer Leidende zu behandeln und mußte vor jeder Aufregung mit liebevoller Umsicht geschützt werden. Eine Behandlungsart, die das geräuschvolle Lieschen schwer erlernte. Julius hatte sich den gütigen Plan ausgedacht, der Schwester ein helfendes Geschenk zum siebzigsten Geburtstag zu machen, der in zehn Tagen festlich, aber mit Vorsicht alles Anstrengende für die Jubilarin vermeidend, begangen werden sollte. Er wollte ihr für das angegriffene Herz eine Herbstreise mit ihm zusammen nach Nauheim schenken, zu dessen, wenn auch nicht mehr Heilung, so doch vielleicht Aufschub bringenden Bädern der Doktor dringend geraten hatte.

Der Heide-Maler hatte sich verlobt mit einer stattlichen Dame aus Pforzheim. Sie war wohl etwas älter, auch beträchtlich korpulenter als der schlanke Heide-Maler. Sie hatte Unterricht in der Landschaftsmalerei bei ihm genommen. Und die Schwärmerei für die Natur und ihre Farben hatte die beiden an verschwiegene Plätzchen des Waldes geführt, wo die Natur stiller, der Baumschlag schöner, der Vogelgesang ungenierter war. Da die Dame, wenn die Gespräche von Kunst und Malerei ein wenig ins Menschliche abirrten, angedeutet hatte, daß sie seit einigen Jahren Witwe war und eine gut gehende Fabrik in Pforzheim besaß, so hatte sich der Heide-Maler entschlossen, die Motive seiner Kunst künftig nicht mehr in der Heide zu suchen, sondern in die Ausläufer des Schwarzwaldes zu verlegen, da wo die Gewässer der Würm, Enz und Nagold sich zu säuberlicher Gemeinsamkeit verbinden.

Alice Goldenstern sollte die Nachricht von diesem Herzensbund mit einem Ohnmachtsanfall beantwortet haben. Wogegen ihr Vater, der bei aller Freundlichkeit der geschmeidigen Umgangsformen in den Anschauungen seines Herzens dem alten Gott der Rache treu geblieben war, zunächst sämtliche Bilder des Heide-Malers unsanft von den Wänden seines Salons nahm und in die Ecke stellte, ehe er der auf den Diwan gestreckten Tochter Riechsalz und Kognak holte. Vielleicht hing es damit zusammen, daß Goldenstern, der betriebsame, Julius verfolgte, wo er ihn fand und sah, mit dem verlockenden Antrag, seine Tochter Alice im Ballkleid, das schon für die Reunion vorlag, oder im „Phantasiekostüm" als Odaliske, wozu sie sich vorzüglich eigne, zu malen. Der Unermüdliche ließ auch nicht locker mit Angeboten auf eines der drei Frauenbildnisse, die Schwester Beate in „Lütt Hütt" bewachte. Der übrigens sein Inkognito nicht lüftende geheimnisvolle Großindustrielle steigerte sein zähes Angebot, das Goldenstern mit schöner Beredsamkeit vermittelte, von Tag zu Tag. Aber Julius blieb bei seiner höflichen Ablehnung, die Goldenstern, wie er dem Professor Dannenberg gegenüber hatte durchblicken lassen, mehr oder weniger für eine pfiffige Finte hielt, um schließlich einen exorbitanten Preis für eines der Bilder oder für eine neuanzufertigende Kopie zu erzielen. Für diese seine Auffassung hielt er unterschiedliche Lieblingsworte aus der talmudistischen Weisheit seines seligen Vaters bereit.

Kuckucks waren in großer Aufregung. Das war sogar den Kindern aufgefallen. „Der Onkel Kuckuck macht immer mit den Armen so, als ob er wegfliegen wollte", berichtete Wolfgang, der einer Begegnung der Kuckucks mit der Mutti auf der Strandpromenade beigewohnt hatte. Und Evchen meinte, betrübt ihre Suppe löffelnd: „Die Tante Kuckuck sagt, sie bringt mir eine Puppe; aber sie vergißt das immer, und ich darf sie doch nicht erinnern." – Die arme Carola hatte aber auch wirklich andere Sorgen. Lux berichtete mir lachend, daß die Reihenfolge der beiden großen Saisonfeste, der mit Aufführungen verbundenen „Reunion" zum Besten von etwas noch immer Unbestimmtem im Strandhotel und des feenhaft geplanten Kinderfestes, viel Kopfzerbrechen gemacht habe. Jetzt aber, nachdem in den Nachbarbädern schon allerlei Zauberfeste stattgefunden, über die sogar Rostocker Blätter mehrfach Rühmliches berichtet, sei bestimmt am Freitag das „Kinderfest" und am Sonntag die „Reunion" mit den im Programm noch etwas schwankenden Vorstellungen. Aber nun habe jemand der viel bedrängten Carola in den Kopf gesetzt: wenn *so* viele Kinder auf dem Festplatz in den Wald gelockt werden sollen, müßten für gewisse natürliche Bedürfnisse der lieben Kleinen unbedingt Baracken erbaut werden. Eine solche Unternehmung aber überschritt nach Herrn von Kuckucks Ansicht, die sich auf eine Rücksprache mit dem alten Maurermeister Thal gründete, durchaus und bei weitem den Etat. Auch könnte er sich, wie er betonte, keinerlei Verschönerung des Festplatzes durch diese an sich nützlichen, aber doch nur vorübergehenden Zwecken dienenden Bauten versprechen. Auf die absolute Reinhaltung des Waldes selbst aber war er nach wie vor streng bedacht und entschlossen, auch den Polizeiwachtmeister in diesem Sinne zu instruieren und mit Vollmachten zu versehen. So war diese wichtige Frage hin und her überlegt und schließlich dieser Ausweg gefunden worden: ein geräumiges Zelt zu errichten von gefälligem Aussehen und etwa fünfzig kleine Nachtgeschirre in diesem abgegrenzten Raume für die kleinen Festgäste zur freien Verfügung zu halten. Wenn der junge Graf Wunsiedel dieser Tage nach Rostock fuhr, der mit den Einkäufen der Tafeldekorationen für die „Reunion" sowie der Preise für die Schießbuden, das Sackhüpfen und das Steinstoßen betraut war, sollte er gleich diese fünfzig diskreten Gefäße im ersten Kaufhaus dort mitbestellen. Erst hatte der Oberst gewünscht, daß der aller neuen Kunst zuneigende Schwager zunächst ein Muster davon mitbringe. Dieses zu tun aber hatte sich der junge Graf entschieden geweigert, da er behauptete, daß die Form solchen Gefäßes sich – gleichviel, ob es modern sei oder nicht, und gleichviel, wie es verpackt sei – immer verrate und er nicht etwa in Gesellschaft von bekannten Kurgästen mit solchem Gepäck zu fahren und in Rövershagen umzusteigen wünsche. So wurde ihm denn schließlich der Auftrag vertrauensvoll erteilt, die fünfzig Gefäße nach eigenem Gutdünken im Kaufhaus fest zu bestellen, unter der Voraussetzung, daß er sich im allgemeinen an die gewohnte und ortsübliche Form dieser Gefäße halte. Eine besondere und unvorhergesehene Schwierigkeit aber war nun wieder aufgetaucht insofern, als sich willige Helferinnen für das Kinderfest zwar genügend gemeldet hatten, junge Mädchen bis ins gesetzte Alter hinauf, die bereit waren, an der Schießbude, an der Würfelbude, im Kasperletheater und auch am Karussell als Ordnerinnen mitzuwirken; daß aber für die Bedienung in dem ominösen Zelt – so gefällig sein Aussehen auch werden sollte – ein begeistertes Angebot zu Carolas Schmerz und Verwunderung nicht zu erzielen war.

Eines Abends, als ich oben nach Tisch bei der Lampe noch die Photographien und Illustrationen sichtete für mein langsam sich rundendes Spanien-Buch, hörte ich aus dem Garten – erst zaghaft, dann freier und lauter – einen wunderlichen Gesang. Zu einem Instrument, das ich nicht kannte; das mir ähnlich schien einer Mandoline und doch wohl keine war. Halb traurige, halb übermütige Lieder in einem, wie mir schien, verdorbenen Englisch. Aber eine ganz fremde, primitive Kunst sprach aus diesen Rhythmen. Es mußte Ursels nicht große, aber unverdorben klingende Stimme sein, die da sang. Ich lauschte mit verhaltenem Atem und konnte lange nicht weiterarbeiten, so fesselte und ergriff mich die seltsame Melodie, die aus dem dunklen Garten aufstieg, über dessen Rosen und Lauben jetzt leuchtend das Gestirn des Großen Bären am Himmel stand.

Als ich spät ins Schlafzimmer kam, war Lux noch wach. „War das nicht schön?" fragte sie mich, wie mir schien noch ein wenig aufgewühlt im Herzen. „Hast du nichts gehört? Ursel sang ein paar wunderhübsche Lieder – Niggerlieder, die sie drüben von der schwarzen Pflegerin ihrer Kindheit gelernt hat, zum Banjo. Und denke dir, Julius, der vorher so vergnügt war, ist ganz ernst und still geworden; hatte feuchte Augen, und die Muskeln seines blaß gewordenen Gesichtes spannten sich vor innerer Erregung. Und als ich ihn fragte, was ihm fehle, sagte er ganz leise, daß niemand es hören sollte als ich: ‚Ich schäme mich, Frau Lux, daß eine alte Negerin mehr Anteil hat an den schönen Kindheitserinnerungen meines Mädels als ich' –"

Und während wir uns, ausgehend von dem Erlebnis des Abends, so unterhielten, Lux und ich, über das Verhältnis der Eltern zu den Kindern und die Schwierigkeit, ihr Vertrauen sich zu erhalten, war es uns ein liebes Bewußtsein, unsere drei gesunden Wildfänge heute und noch lange unter demselben Dach mit uns zu wissen. Allerdings hier im Sommerhäuschen in einem anderen Stockwerk und durch Treppe und Gang getrennt von uns. Nur von Martha betreut, die einen gesegneten, festen Schlaf hatte und gewiß schon mit offenem Munde vom nächsten Tanzvergnügen in der „Heideschenke" träumte.

Aber selbst wenn die schnarchende Martha nicht im Zimmer gewesen wäre, die Kinder von Ithaka kannten keine Furcht. Sie gingen ohne Zittern und Zagen durch den dunklen Wald, nur darauf bedacht, nicht über Wurzeln zu fallen. Und sie schliefen ruhig in ihren weißen Gitterbettchen ein, ohne ängstlich zu fragen, ob die Erwachsenen auch in der Nähe blieben, und ohne sich zu graulen vor bösen Menschen oder tückischen Geistern, die ihren Schlaf in der Dunkelheit bedrohen könnten. Die Kinder von Ithaka glaubten noch in ihren kleinen reinen Herzen an die Güte und Freundlichkeit der Menschen und an geflügelte Engel, die aller guten Kinder liebe himmlische Verwandte sind und die unsichtbaren Schützer ihrer Wege in der Sonne des Tages und ihres friedlichen Schlummers in den dunklen Nächten.

*

Einer jener Gewitterstürme, wie sie mit solcher Geschwindigkeit und Wucht nur von der See her kommen, war über Wald, Strand und Gärten hingezogen. Von den Bäumen tropfte es noch schwer und klatschte auf die getränke Erde. Naß und schlaff hingen die Wimpel von den verregneten Strandkörben. Gebrochene Zweige lagen umher auf den Waldwegen, die, einsam und verlassen, in langsam versickernden Lachen ein Fetzchen Himmel spiegelten. Aber die Sonne durchbrach schon wieder, zum Westen geneigt, über den mählich sich beruhigenden Wassern den düsteren Vorhang, und die Wolken flogen im Windwechsel, eine zerrissene Herde, nach Südosten.

Julius, der das wundervolle Naturschauspiel aus dem kleinen verlassenen Teehäuschen mit angesehen hatte, in dem sich ein Prinz vor vielen Jahren verlobt hatte und das jetzt die neue Zeit nicht zu nützen verstand, sah hinauf zum Himmel. Ein schöner Vergleich, den er irgendwo einmal gefunden, kam ihm im Augenblick dieser die Strahlenpfeile fliehenden Wolken wieder in den Sinn: „Wie die geschlag'nen Empörer vor ihrer Königin …“

Das war ihm aus Jugendtagen geblieben, daß er sich an einem schönen Wort oder Gleichnis, das eine erlebte Stimmung erschöpfte, berauschen konnte. Und wie andere eine Melodie, die ihnen ein tückischer Zufall ins Ohr gelegt, manchmal tagelang nicht loswerden, bis sie, der Verzweiflung nah, einen Unglücklichen gefunden haben, dem sie den Singsang weitergeben, so mußte er dann die gefundenen Worte immer wieder vor sich hin sagen; selbst wenn die Gedanken schon ganz woanders waren. So wie die Tibetaner ihre Gebete murmeln, ohne schließlich noch viel zu wissen von dem Gemurmel, das zu Anfang der Ausdruck einer Hochstimmung war.

So ging Julius den im siegreichen Sonnenschein trocknenden Strandweg, hoch über den Hunderten von Strandkörben, die sich da unten hinter die Wälle duckten, nach der Brücke zu. Von keinem Menschen gestört und gegrüßt. Die glitzernde Fläche des allmählich von seinem Zorn ablassenden Meeres zur Rechten, zur Linken die schwarze Wand der dicht stehenden Bäume, die sturmgebückt und ängstlich ihre flachen Kronen in die Richtung des abziehenden Wetters legten. Und während er sich freute an dem Rauschen neben sich, an der herrlichen Frische des abgekühlten Abends, die ihn umgab, an dem krausen Zug der goldgeränderten Wolken über sich, wiederholte er immer im Rhythmus seiner Schritte: Wie die geschlag'nen Empörer vor ihrer Königin …

*

Zur selben Stunde war Ursel durch den tropfenden, in tausend Glanzlichtern von den Ästen funkelnden Garten zu Lux gekommen ins Haus Ithaka.

„Wissen Sie“, sagte sie erklärend, indem sie das Spitzentüchlein losnestelte von den Flechten, die sie der Mode zum Trotz nach Defregger-Manier trug. „Als vorhin das Wetter grollte und ich so am Fenster meines Hotelzimmers stand, sagte ich mir plötzlich – eigentlich sag' ich mir alles ‚plötzlich‘ und überlege nie lange –, sobald du über die Straße laufen kannst, sagt' ich mir, ohne klatschnaß zu werden, springst du rasch ein Stündchen hinüber zu der lieben, guten und so recht im besten Sinne deutschen Frau Lux. So darf ich doch auch zu Ihnen sagen?“

Lux nickte nur lächelnd zu der Frage und drohte dann mit dem Finger: „Gewiß – aber ohne all die Beiwörter, gelt? Die hängen an mir herunter, wie wenn ich Similiperlen trüge… Aber – was hör' ich, was spür' ich –? Ein so tapferes Mädel hat ein bißchen Gewitterfurcht?“

„Ich – die Ursel Barrenthin – Furcht vor …? Oh, das ist ein netter Spaß!“ Ursel klatschte vergnügt in die Hände. „Das sollte Mammi hören in Kalifornien! Die hat mich immer zurückhalten müssen, die gute Mammi, als wir noch draußen wohnten – allein in dem Holzhaus, bloß mit Gladdis, der dicken Negerin, und mit Puck, der Dogge. – Hat mich zurückhalten müssen, daß ich nicht heimlich in den Stall lief – das war übrigens eine umgebaute Stube –, unser Pferdchen sattelte und hinausritt, mit dem Sturm um die Wette, durch den Wald. Oh, war das fein, wenn die Zweige krachten und die Blitze das rote Gold zwischen die schwarzen Bäume streuten! Ich meine, so toll kann's in Deutschland gar nicht blitzen wie bei uns… Nein, o nein, ich habe nie Angst vor dem Gewitter gehabt. Auch nicht als Kind, auch nicht, als ich noch in Deutschland war."

„Meine Kinder schauen *auch* furchtlos in das Gewitter. Und Bübchen hat neulich erklärt, er möchte gern Droschkenkutscher werden, weil er dann auch im Regen fahren darf und keinen Schirm mitzunehmen braucht."

„Wie lieb! Aber das verstehe ich. Furcht mag ich nicht. Sie macht Heuchler aus den Menschen. Heuchler gegen ihre Nebenmenschen – oder – wie im Seesturm – gegen den lieben Gott. Aber ich denke, Furcht ist Anlage – und Mut kann Erziehung sein. Vielleicht verdanke ich meine Art dem Vater. Nicht als Erbe, meine ich. Ich erinnere mich, daß Papa, als er noch bei uns war, mich sogar nachts aus dem Bettchen holte und ans Fenster trug beim Gewitter, um mir ‚das viele schöne Feuer am Himmel' zu zeigen. So konnte man im Bewußtsein der herrlichen Naturerscheinung so etwas wie Furcht gar nicht haben. Ich hab' gedacht, der liebe Gott macht da Theater für mich."

„Ja, was sich so Kinder alles für Vorstellungen machen vom lieben Gott und seinen Trabanten." Lux lächelte sinnend vor sich hin. „Aber wie soll man sie belehren –? Wo und wann den Anfang machen mit einer Religion, die für sie brauchbar ist und ein bißchen durchhält bis in die reiferen Jahre?

*

Man kann nicht sagen, daß der alte Dannenberg vom Besuche seines Sohnes zunächst übertrieben viel gehabt hätte.

Der Vater war ein leidenschaftlicher Frühaufsteher. Nahm an einer abgelegenen Stelle, wo auch zu besserer Zeit sonst niemand auf den Einfall kam, ins Wasser zu gehen, schon kurz nach sechs sein Morgenbad und lief schon vor dem ersten Frühstück eine geschlagene Stunde, mit der Uhr in der Hand, im Wald umher. Dazu trieb er hygienische Atemgymnastik. Nach einem selbst erfundenen, ziemlich komplizierten System, das ihn zwar oft zum Husten brachte, aber sonst, wie er glaubte, sehr förderlich für die Lungen und besonders für die Bauchmuskulatur war. Der Sohn hingegen, der im Dienst auf See früh auf dem Posten sein mußte, benutzte die Ferien zum gründlichen Ausschlafen. Wenn er dann beim Frühstück erschien, fand er in der Form von Eierschalen und gedrehten Brotkügelchen die Frühstücksreste seines Vaters, der schon zur Arbeit aufgebrochen war.

Die besten Morgenstunden, wenn das Café Lentz noch leer war, malte der Professor die schöne Lene, die, allmählich ein bißchen gelangweilt, auf einem Sessel saß und den Blick der hübschen blauen Augen auf die Wanduhr richten mußte, die immer eine Viertelstunde nachging. Der emsig Malende suchte dann wohl unter allerlei Geraunze und schnurrigen Erzählungen zu verbergen, daß sein altes Herz in einem Johannistriebchen heftig aufloderte im Anblick dieser frischen weiblichen Jugend. Der Sohn aber badete während dieser Zeit mit Ursel und ihrem Vater, Lux und unseren Kindern von unseren Strandkörben aus. Denn in der offiziellen Familienbadeanstalt badeten eigentlich nur die Tapergreise, die sich eine halbe Stunde lang umständlich die geschwollenen Adern kühlten und die Achseln mit Wasser benetzten, ehe sie behutsam ins Meer gingen, und die alten dicken Damen, die sich ein wenig genierten, sich dem ganzen Strandpublikum als schlotterigte Königinnen zu präsentieren. Bei Tisch saßen sich Vater und Sohn wohl ein halbes Stündchen gegenüber. Aber die Tische standen so eng, und der Professor litt unter der fixen Idee, daß man an den Nebentischen nichts Besseres zu tun habe, als just seinen Gesprächen mit dem Sohne zu lauschen. So war er wortkarg bis zur Schweigsamkeit. Wenn Max einmal nach allgemeinen Gesprächen über Wetter und See persönliche Dinge berühren wollte oder irgendwelche Namen erwähnte, so wehrte der Vater mit einem „Pscht doch!“ und allerlei heftigen Armbewegungen ab, die allerdings die Aufmerksamkeit der erschreckten Umsitzenden auf sich ziehen mußten und dieses an sich harmlose Gespräch zur Wichtigkeit eines strenge Verschwiegenheit erfordernden Staatsgeheimnisses erhoben.

Diese wunderliche Diskretion beim Diner, die scheinbar so gar nicht zu seiner sonstigen Derbheit und Geradheit paßte, hing wohl damit zusammen, daß die versteckt liegenden Lokale, in denen der vereinsamte Witwer sonst in Berlin rasch und lustlos sein frugales Mahl – den „Schlangenfraß“, wie er es nannte – zu schlingen pflegte, sehr bescheidener Art waren und von Bevölkerungsklassen bevorzugt wurden, unter denen der von der Bedienung mit sichtbarem Respekt „Herr Professor“ Titulierte so etwas wie eine hierher verirrte Aristokratie und eine Klasse für sich darstellte. Wenn aber der Professor sein Mittagsschläfchen, das er jeden Tag aufs grimmigste verfluchte, und das ihn doch für ein Stündchen immer wieder zu seinem wehrlosen Sklaven machte, gehalten hatte, dann war meist der unstete Sohn schon mit Ursel und den Kindern von „Ithaka", die beide liebten und verwöhnten, in die Heide ausgeflogen; oder sie bauten unten am Strand gemeinsam an Wall und Burgen. Und wenn dann der alte Professor dort erschien, bekam er, ehe er sich's versah, eine Schippe in die Hand gedrückt, um sofort seinen Part an der Arbeit zu leisten. Denn die niemals vollendeten, immer wieder von Wind und Wellengang zerstörten baulichen Veränderungen an den Burgen wurden nicht nur von den Kindern mit einem geradezu heiligen Ernste behandelt.

So war es heute ein Festtag zu nennen, an dem die beiden, Vater und Sohn, einmal gemeinsam und allein durch den Wald zu ziehen und einiges Familiäre zu besprechen sich vorgenommen hatten.

Max holte seinen Vater auf Nummer siebenundzwanzig ab. Aber als er auf das energische „Herein!" die Türe geöffnet, bot sich ihm ein höchst sonderbarer Anblick, der jeden anderen tief verblüfft, ja vielleicht zur Umkehr bewogen hätte. Der Nachtschrank stand auf dem Sofa, die Waschkanne thronte auf dem Ofen. Ein Sessel war umgelegt, mit den Beinen nach oben. In dem Bett, aus dem sich, wie man noch sah, der Professor eben erst vom Mittagsschläfchen erhoben hatte, um sich vor dem Schrankspiegel den stets liebevoll gepflegten Bart zu kämmen und die Krawatte zu binden, lag eine große Skizzenmappe und quer darüber ein schlechtgewickelter Regenschirm.

Max wußte Bescheid. Er kannte die sonderbaren Gewohnheiten seines Vaters. Wenn sich andere Knoten in die Taschentücher machten, um irgend etwas Wichtiges ja nicht zu vergessen, so behauptete sein Vater, daß solcherlei eine törichte mnemotechnische Hilfe sei. Er wäre vielmehr der Ansicht, daß man sich greifbare Hilfsmittel der Erinnerung schaffen müsse. Und so war er daheim im Atelier und auch in der Wohnung – schon zum Entsetzen der Gattin, als sie noch lebte – auf den bizarren Einfall gekommen, immer, wenn und solange er an eine bestimmte Sache denken wollte, ein Möbel so nachdrücklich zu verrücken, oder ihm einen so ganz anderen oder ungewohnten Platz anzuweisen, daß es gar nicht zu übersehen war: hier sollte an etwas Besonderes erinnert werden.

Der Anblick, den in diesem Sinne das Zimmer Nummer siebenundzwanzig im Strandhotel heute bot, ließ den Wissenden ohne weiteres erkennen, daß der Professor einige besonders wichtige Dinge nicht zu vergessen wünschte.

„Gut, daß du kommst, Max“, rief er, ohne sich umzuwenden, im Spiegel winkend, dem eintretenden Sohn entgegen. „Und ein besonderes Bravo, daß du pünktlich bist. Ich wollte verschiedenes mit dir besprechen, ehe wir uns an den beliebten Busen der Natur werfen.“

„Das sehe ich“, sagte Max trocken, indem er seinen Blick über die verschobenen Möbel schweifen ließ.

„Ja, mein Junge, der Nachttisch dort – das ist der Graf Wunsiedel.“

„Er wird stolz darauf sein.“

„Das heißt also, ich habe dem jungen Mann, der heute früh einen Sherry im Café Lentz trank, sich mir vorstellte und sehr begeistert von meinem Bilde war – er versteht nichts davon, aber es tut doch wohl – also, dem habe ich versprochen, dich zu fragen, was ein Billett im Zwischendeck von Hamburg nach Neuyork kostet.“

„Will er etwa –?“

„Frag' nicht so dumm! Wenn er nicht wollte – *würde* er nicht ... Er hat viel Geld verloren, sagt er, im Spiel. Eine unselige Leidenschaft, sagt er – vom Vater her, der auch ...“

„Hier – in dem friedlichen Bad?“

„Der Friede ist oft nur äußerlich. Es ist in den sogenannten glücklichen Ehen genau so wie in den Bädern und Sommerfrischen. Erst haben sie – sagt er – im Hinterzimmerchen bei Lentz gejeut. Und der tüchtige Lentz will diese Art von Betrieb nicht haben – recht hat er, ein anständiger Kerl überhaupt. Er hat seinen Raubritterschnauzbart gestrichen und sie hinauskomplimentiert. Da haben sie in der ‚Meerkönigin‘ weitergespielt. Ein Herr von Raabe – kennst du ihn? Ich auch nicht – ja, von Raabe soll unerhörten Dusel entwickelt haben. Das meiste hat der Marchese geblutet – der soll aber auch blödsinnig drauflos gespielt haben. Nach einem System natürlich. Das Gräflein hatte auch sein System. Monte-Carlo-Import. Hat nicht so viel verloren wie der Italiener. Aber proportionaliter mehr – alles, was er hatte. Aber das ist ja egal. Wenn einer so dumm ist, sein ganzes Geld herzugeben, weil der andere die Pikedame hat und *er* nur die Herzsieben – gehört er nach Amerika. Kann dort lernen, was Geld ist. Beim Tellerwaschen und so. Also ich hab' dir den Wunsch des hochgeborenen Herrn Grafen – will sagen: seine Wißbegier in puncto billigster Überfahrt ins Land der Heineschen Gleichheitsflegel mitgeteilt – und nun ist das deine Angelegenheit.“

Mit diesen Worten hob der alte Herr den Nachttisch vom Sofa herunter und setzte ihn an seinen gewohnten Platz neben das Bett.

„Ich werde ihm die Preisliste – ich habe eine von unserer Linie mit hier – morgen geben."

„Schön, tue das, mein Junge."

„Und das Waschgeschirr, das da hoch auf dem Ofen thront, das hat vielleicht auch eine symbolische Bedeutung für mich?"

„Sehr richtig. Es hat's." Mit diesen Worten stieg der Professor auf den Stuhl, auf den sich Max eigentlich gerade setzen wollte, und nahm die Porzellankanne bedächtig von dem Ofen herunter. „Es sollte mich daran erinnern, daß ich – wenn der Sonnensegen so wundervoll bleibt wie heute und gestern – doch auch mal mit euch zusammen baden möchte. Morgen vielleicht."

„Das wird uns ein Fest und eine Ehre sein, Papa."

„Ja, und dann – eine Frage. Findest du diesen Badeanzug – mit dem ich voriges Jahr im Bodensee geschwommen bin – noch präsentabel genug?" Mit diesen Worten zog der Professor aus der Schublade zwischen einigen Schirtingunterhosen und vielfach gestopften wollenen Unterjäckchen einen ehemals wohl blau- und gelbgestreiften Trikotbadeanzug hervor. Dieses primitive Bekleidungsstück sah so unansehnlich und verwaschen aus, daß sich Max heftig entsetzte.

„Na, also, Papa – die übertriebene Eleganz von Trouville oder vom Lido dominiert ja hier am Strande Gott sei Dank nicht. Aber in dem schrecklichen Fähnchen da kannst du wirklich nicht …"

„So. Das wollte ich nur wissen. Du bist mir maßgebend in Modesachen. Aber daß ich nicht – um einmal in der Ostsee zu baden – nach Berlin fahre und mir von Hoffmann oder Steinhardt einen Badeanzug bauen lasse, wirst du verstehen. Darum wirst du mir eben morgen deinen Anzug ein halbes Stündchen borgen.

Du kannst ja dann nach mir baden."

„Wenn er naß ist?"

„Wie ich so alt war, wie du, Junge – verdammt noch mal, da war mir das ganz gleichgültig, ob meine Hosen naß waren oder nicht."

„Geschmacksache."

„Wie alles. – So und nun wollen wir gehen. Warum ich den dämlichen Sessel da umgelegt und den Schirm übers Bett gelegt habe, das fällt mir doch nun wieder im Augenblick nicht ein. Vielleicht heute abend. Komm! Wie lange hast du übrigens Zeit?"

„Bis fünf Uhr, Papa. Dann habe ich versprochen, mit Ursel Barrenthin Kanu zu fahren."

„Also, dann – bis halb sechs. Das Dämchen ist ja doch nicht pünktlich."

„Da irrst du dich. Pünktlich ist sie nun gerade."

„So? Weißt du was, Max – eine Frau, die konsequent und pünktlich ist, halte ich für einen verkleideten Mann."

„Da kennst du eine moderne Frau nicht, Papa. Die muß schon ihre Zeit ordentlich einteilen. Die hat ja viel zuviel vor, um –"

„Ja, und immer fehlt ihr noch was im Programm. Und immerzu treibt sie die Unruhe zu neuen Dingen. Ich glaube nicht mal, daß sich so eine moderne Frau im Himmel wohlfühlt. Dort über den Wolken fehlt ihr gewiß im Frühjahr die Reise nach dem Süden und im Dezember der Wintersport."

Max lachte. „Mag sein. Aber in Ursel lebt – bei aller Fahrigkeit und Neigung zu etwas plötzlichen Entschlüssen – ein wenig die Korrektheit und das gute Gedächtnis ihres Vaters."

„Gute Gedächtnis ihres Vaters? Na ja, für Klassiker und Zitate. Aber sonst? Ich will dir was sagen, Junge.

Der Mensch kann sich nicht an alles erinnern. Deshalb vergißt er zunächst mal seine Lehrer und Wohltäter."

Sie waren aus dem Hotel getreten und gingen langsam dem nahen Walde zu.

*

Nun war er endlich herangekommen, der Abend der vielbesprochenen Reunion.

An den drei dicken Litfaßsäulen und an den zwei Anschlagbrettern, die über die Hotels und den Villenteil des Badeörtchens verteilt waren, hat es zwischen „Am Strande verlorenen Taschen und Mänteln und Badeanzügen" und „billig abzugebender Spaniols" in großen blauen Buchstaben auf weißen Riesenzetteln zu lesen gestanden, daß im Strandhotel am Sonnabend um acht Uhr abends ein „musikalisch-deklamatorischer Abend zum Besten des Brückensteges" stattfinde.

Das war vielleicht keine sehr glückliche Ausdrucksweise; insofern als der Brückensteg – an dessen Kopf die Dampfer zweimal den Tag und auch die Motorsegeljacht „Schneewittchen" mehrfach am Tage anlegten – hier just so wie ein notleidender Familienvater behandelt war. In früheren Wintern hatte der Eisgang diesen Brückensteg leicht oder auch schwerer beschädigt, und es waren dann recht umfangreiche und teure Ausbesserungsarbeiten nötig geworden, die durch Veranstaltungen ähnlich der heutigen im Strandhotel im Sommer nachträglich finanziert wurden. Der letzte Winter aber war wesentlich milder gewesen. So waren die Reparaturen am Steg und die Kosten dafür kaum nennenswert. Da aber die künstlerischen Darbietungen vor der Reunion unbedingt einen guten Zweck haben mußten, und da es richtige Ortsarme unter der Bevölkerung nicht gab, auch keinen Bürger, dem das unversicherte Haus über dem Kopfe niedergebrannt oder der Acker durch Hagel zusammengeschlagen war, so blieb man schon lieber bei dem einmal gewohnten und eingeführten guten Zweck der Wohltätigkeit „zum Besten des Brückensteges". Des weiteren war auf den Plakaten bemerkt: „Unter gütiger Mitwirkung der Künstlerin Frau Roswita von Rackow, vom ehemaligen Hoftheater in Bückeburg, und der Herren Marchese Luigi Caponero, Fritz Appel und Aloysius Hafermann." Die beiden letzteren waren Studierende der Musik aus Hamburg, die hier ihren Sommer verbrachten und in der „Meerkönigin" seit sieben Wochen das gemeinsame Zimmer schuldig waren.

Als die Plakate an den drei Litfaßsäulen und an den zwei Anschlagbrettern des Bades noch Kleisterblasen zeigten und noch nicht ganz getrocknet waren, hatte der Kurkommissar Oberst von Kuckuck bereits vier unangenehme Briefe erhalten. Im ersten beschimpfte ihn ein seinen Namen verschweigender „alter Mecklenburger", weil die Plakate in blauen Buchstaben auf weißem Grund gedruckt seien. Ob er – „Ochse" war er unfreundlicherweise genannt – ob er, Ochse, denn nicht wisse, was jedem Idioten bekannt sei, daß „blauweiß" die bayrischen Farben seien, und daß mithin das Plakat eines Wohltätigkeitsfestes in Mecklenburg in blau-weißen Farben ein Unding oder eine politische Provokation genannt werden müsse. Der zweite, in der Form höfliche, im Inhalt energische Brief stammte von einem Studienrat, der an dem schlechten Deutsch der Plakate Ärgernis nahm und darauf hinwies, daß der notleidende Brückensteg, zu dessen „Besten" man konzertiere, ein Nonsens sei. Im dritten beschwerte sich der „Kapellmeister“ – wie er sich nannte, obschon die Kapelle, die er meisterte, wohl erst noch gefunden werden sollte – der Kapellmeister Fritz Appel bitter darüber, daß er *hinter* dem Marchese genannt sei auf dem Plakat, obschon er doch, da sein Name mit dem Buchstaben A beginne, dem Alphabet nach *vor* diesen italienischen Dilettanten gehöre. Ob das vielleicht darin seinen Grund habe, daß er, Appel, bürgerlich sei? Eine harte Rüge, der der erzürnte Musiker die spitze Bemerkung anfügte, daß – von dem Segen der alles nivellierenden Revolution ganz abgesehen – in Dingen der Kunst der Adel überhaupt nichts bedeute. Wie Gottfried August Bürger denn schon gelegentlich der Nobilitierung Goethes den sehr richtigen Ausspruch getan habe, daß „der Götter Söhne schon adlig seien“, und kein Mensch und Fürst erst den lächerlichen Versuch zu machen brauche, sie noch einmal zu adeln. Im vierten Brief aber beklagte sich Roswitha von Rackow in erregten Schriftzügen, daß ihr schöner, edler und seltener Vorname Roswitha mit einem t – und nicht richtig mit th – geschrieben sei. Rufnamen fielen doch, meinte sie, nicht unter die neue Orthographie, die übrigens auch schon veraltet sei. Ihren Vornamen aber, auf dessen Wohllaut sie stolz sei, trage außer ihr von bekannten weiblichen Personen nur noch die bereits um das Jahr tausend verstorbene Benediktinernonne Roswitha von Gandersheim. Die erste bekannte deutsche Dramatikerin, die allerdings leider lateinisch geschrieben, aber schon vor fast tausend Jahren so überaus modern empfunden habe, daß in ihrem bedeutendsten Drama eine Dirne bekehrt wurde. Nach *dieser* aber habe sie, Roswitha von Rackow, in der heiligen Taufe ihren Namen empfangen … Als Oberst von Kuckuck diesen Brief zu den übrigen legte, freute er sich für den Studienrat, daß dieser, in Angelegenheit der Satzkonstruktion Empfindliche, ihn nicht erhalten habe. Denn aus der Konstruktion des erbosten Schreibens folgte doch eigentlich, daß die lebende Roswitha – mit th – nach einer mittelalterlichen Dirne und nicht, wie sie wohl zu sagen gedachte, nach einer Nonne benannt war.

Bald aber hatten die Plakate an den drei Litfaßsäulen und an den zwei Anschlagtafeln auch noch anderes als bloß nervöse Briefe der gütig Mitwirkenden erzielt. Die Nachfragen im „Badebureau" waren so stark – zunächst allerdings vielfach bloß Nachfragen nach der Höhe der Preise und der Art der Plätze –, daß die beiden dort den Oberst unterstützenden jungen Damen, von denen die eine sehr hübsch war und die andere ein wenig stotterte, alle Hände voll zu tun hatten. Schließlich liefen die beiden Unglücklichen vor lauter Konfusion planlos, wie die aufgescheuchten Hühner, und mit erhitzten Köpfen in dem Zimmerchen umher und suchten bald die Tinte, bald den Klebestoff, bald irgendwelche ebenso wichtige Akten, die der Oberst nebenan, der ebenfalls etwas aus dem Gleise war, ärgerlich in den „Tresor" zu den Formularen, Listen und Siegellackstangen – denn anderes war sonst nicht darinnen – gesteckt hatte …

Je näher der Abend heranrückte, je größer und ernster wurde die Nachfrage. Auch der Schneider Schmelzeisen hatte beträchtlich zu tun, alle die schwarzen Hosen, die in den Koffern gedrückt waren, aufzubügeln und alle die Smokings zu dämpfen. Und von den beiden Friseuren, die sich hier, nur durch die Breite der

Chaussee getrennt, in der Hauptstraße, die von der Windmühle in den Wald lief, ärgerlich Konkurrenz machten, hatte keiner diesen ganzen Tag über auch nur eine armselige Minute Zeit, seinem Ärger über die Kundenzahl des anderen erfrischenden Ausdruck zu geben.

Den ganzen Vormittag hatten die Damen des Komitees sich an der Tombola gemüht. An der Spitze Carola, die leider ihre Lorgnette verlegt hatte, neben ihr die ätherische Frau Pfarrerin, die rundliche Frau Lehrer, die überall praktisch zugreifende Frau Oberförster und die Witwe eines Geheimen Postrates, die hier von der kleinen Pension und der Freude, „Frau Geheimrat" genannt zu werden, lebte. Die Kaufleute des Bades hatten freundliche Gaben geschickt. Konserviertes Obst von der Java-Ananas in Büchsen bis zur Mecklenburger Pflaume in blauer Tüte. Daneben Keks und Arrangements von Pralinen, die durch ihre bevorzugte Eierform ein wenig an die weit zurückliegende Osterzeit erinnerten. Aber auch allerlei Liköre sollten zu gewinnen sein und sogar einige Flaschen Champagner, die allerdings schon auf dem Etikett sich bescheiden als „Bowlensekt" bezeichneten; immerhin reckten sie ihre silbernen Hälse recht hochmütig über die etwas breiig fließenden sieben Obsttorten, die Carola persönlich mit ihrer Stütze gebacken hatte. Allerdings waren nach Aussage Carolas diese Obsttorten nach dem berühmten Rezept der gräflichen Familie Wunsiedel diesmal nicht ganz so vorzüglich geraten, weil sie selbst, Carola, leider gerade im wichtigsten Moment der Zubereitung durch die Post ans Telefon gerufen worden war für ein angemeldetes Ferngespräch aus Berlin, um dann mit Entrüstung zu erfahren, daß sie, Carola von Kuckuck, gar nicht verlangt sei, sondern die Waschfrau Kuks, der eine im Hotel Esplanade zu Berlin bedienstete Tochter nachträglich zum Geburtstag gratulieren wollte.

Sehr hübsch machten sich beim Aufbau der Tombola auch einige Bücher, die sich als schwer verkäuflich erwiesen hatten, sowie, als Spende eines Trikotagengeschäftes, eine beinahe vollständige Babyausstattung, die – ebenso wie der vom Oberförster gestiftete sechsläufige Revolver – gewiß jedem Gewinner eine herzliche Freude bereitete. Eine große Rolle spielten auch bei den Gewinnen die weiblichen Handarbeiten, in deren Herstellung die kinderlose Frau Pfarrerin und die Frau Geheime Postrat miteinander wirkungsvoll wetteiferten. Während aber die Frau Pfarrerin im wesentlichen in kunstvollen Schnörkeln auf Leinen dem Gewinner „sanft zu ruhen" wünschte oder – über den Waschtisch gedacht – in milden Farben belehrte, daß „Morgenstunde Gold im Munde habe", gefiel sich die Frau Geheimrat in außerordentlich merkwürdigen Phantasiemustern. Diese waren angeblich nach persischen und indischen Motiven höchst farbenreich gestimmt, erinnerten aber doch ein wenig an die konfusen Zeichnungen, die häufig von harmlosen Patienten in Irrenhäusern mit Farbstiften hergestellt werden.

Dannenberg hatte eine sehr hübsche Ölskizze vom Strand gestiftet, und Julius hatte die Köpfchen meiner beiden Jüngsten – flott und reizvoll in Pastellfarbe skizziert – goldgerahmt, in halber Lebensgröße, geschickt. Unter dem vielen rein Praktischen, das bisher angekommen war, schien es den Damen schwer, diese künstlerischen Werke richtig zu placieren. Und die heiß ersehnte Sendung von Rostock, die von Wolfrum von Wunsiedel eingekauften Nippes und Ledersachen, kamen und kamen nicht, die gewiß eine hübsche Anordnung für die Bilder im Aufbau schaffen konnten. So mußten die Gemälde einstweilen zwischen Zervelatwürsten, Obsttorten und Bowlensektflaschen einem würdigeren Arrangement entgegensehen.

Während die Damen aufbauten, dabei vielfach in laute Bewunderung über einzelne Stiftungen ausbrachen, auch kleine Meinungsverschiedenheiten über Geschmack und Nützlichkeit ausfochten, war Boß, der Wirt des Strandhotels, in einer braunen Sammetjacke beschäftigt, die Tische so aufstellen zu lassen, daß möglichst viele der Gäste von den zu erwartenden künstlerischen Darbietungen auf der etwas wackeligen kleinen Bühne vorne etwas sehen und hören konnten, ohne daß die Kellner im Servieren gestört wurden. Und gleichzeitig, während Boß mit Feldherrnallüren anordnend tätig blieb, war oben auf dem Podium ein aus Rostock entbotener Klavierstimmer an der schwierigen Arbeit, den von der Frau Geheimrat entliehenen ältlichen Stutzflügel zu stimmen – eine Prozedur, der man das Instrument sehr lange nicht unterworfen hatte. So kam es, daß Boß, der schon gewöhnlich ziemlich laut sprach, bei seinen Anordnungen seine Stimme in einer Weise steigerte, daß draußen vorübergehende Badegäste vielfach erstaunt stehenblieben und durch die halbgeöffneten Fenster hereinspähten, weil sie annahmen, im großen Saale des Strandhotels finde gerade eine Prügelei statt.

Auch mit der Auswahl der Aushilfskellner, die sich auf eine Aufforderung im Badeblättchen in reicher Zahl gemeldet hatten, aber durchaus nicht alle gelernte Kellner schienen, hatte Boß seine Not und seinen Ärger. Besonders auch dadurch, daß er auf ordnungsmäßiger

Kleidung bestand. Er verlangte, daß durchaus nur im Frack bedient werde, während einige der Reflektanten nur über einen speckigen Smoking, zwei sogar nur über ein weißes Konditorjäckchen verfügten.

Nimmt man hinzu, daß der alte Gärtner Sauerborn mit seinen zwei törichten Eleven – er nahm stets nur „Eleven", am liebsten etwas geistig zurückgebliebene, körperlich gesunde Jünglinge aus besseren Familien, die er in freier Natur heranbilden wollte – bemüht war, dem Saal durch grüne Girlanden und Sträuße von Wiesenblumen auf den Tischen zugleich ein lieblicheres und festlicheres Gepräge zu geben, so kann man sich denken, welch reges und unterhaltsames Leben in diesen Raum gekommen war. Aber der Höhepunkt des Betriebes wurde doch erst erreicht, als die beiden redlich schwitzenden Eleven Sauerborns, der persönlich gerade frühstückte, zwar zielsicher, aber ohne jede Rücksicht auf etwa vorhandene Hindernisse die für die Bühne bestimmten Kübel mit den Oleanderbäumen wie Sturmböcke heranrollten. Bei dieser kraftvollen Hantierung, die vielleicht mehr Aufmerksamkeit als guten Willen erfordert hätte, rannten sie zuerst den Mitteltisch der Tombola mit großer Wucht an, so daß die Stickereien der Frau Geheimrat – gerade die mit persischen Motiven – auf die breiigen, zuckerfeuchten Obsttorten Carolas fielen.

Eine der Bowlensektflaschen, die offenbar besonders schlecht verkorkt war, entledigte sich aus der gleichen Veranlassung mit erschreckendem Getöse ihres schäumenden Inhalts auf die sorgsam ausgebreitete Babyausstattung. Völlig um ihre Sicherheit gebracht, rollten die erschreckten Eleven den schwersten Oleanderkübel so ungeschickt auf die Bühne, daß sie den in seine Arbeit vertieften Klavierstimmer aus Rostock von seinem Hocker warfen und der Stutzflügel der Frau Geheimrat in ernster Gefahr schwebte, zertrümmert zu werden.

Aber so um einhalb drei Uhr nachmittags waren doch ziemlich alle Vorbereitungen getroffen. Die Tombola war im wesentlichen arrangiert. Lücken für die Rostocker Sendung, die immer noch nicht angekommen, waren gelassen. Die Tische waren freundlich gedeckt, die Kellner instruiert. Die Blumenarrangements waren vollendet. Der vom Oleanderkübel gerammte Stutzflügel war gestimmt. Und hätten nicht die Eleven des Herrn Sauerborn beim allzu stürmischen Hinaustragen der großen Stehleiter fünf Birnen im Kronleuchter eingeschlagen, so hätte man mit allen getroffenen Arrangements recht zufrieden sein können ...

... Schon lange vor acht Uhr waren viele Tische besetzt. Hälbig war der erste gewesen, der, etwas großmäulig und breitspurig wie immer, so tat, als ob das ganze Fest eigentlich als eine Privatvorstellung zur Unterhaltung seiner Gesellschaft gedacht sei, für die er nun mit viel Umsicht einen Tisch auswählte. Der eine Tisch war ihm zu weit vom Podium, der andere wieder zu nah an der Tür nach den Toiletten; an jenem dort befürchtete er den elenden Luftzug vom Fenster her – nicht für sich, denn er war ja aus dem ewigen Eise wahrhaftig anderes gewöhnt! – aber für seine Gesellschaft; und an diesem hier besorgte er schlecht bedient zu werden. Schließlich hatte doch ein Tisch seinen schwer zu erringenden Beifall gefunden, und nachdem er das Sauerbornsche Blumenarrangement, das ihm die Unterhaltung zu behindern schien, auf den kleinen Nebentisch placiert hatte, der nun durch zwei solcher Arrangements etwas reichlich geziert war, winkte er Wachsens, die eben eintraten, heran. Noch während er sie mit gnädigem Kopfnicken begrüßte, bestellte er viermal das Menü; denn Köppe, der bloß das „art'sche Garlchen“ erst zu Bett brachte, war auch zu erwarten. Mit Vorspeisen bestellte er dazu reichlich Semmeln, Zahnstocher und die Champuskarte.

Die nächsten, die erschienen, waren Herr Klostermann aus der „Meerkönigin“, der sehr aufgeregt und nervös sich allzu enge weiße Handschuhe angezogen hatte, und die hübsche Friseuse, deren wundervoll blondes Haar, die herrlichste und natürlichste Reklame für ihren Beruf, dem blassen Gesichtchen einen höchst eigenartigen Reiz verlieh. Klostermann hatte sich unter dem Zwang des instinktiven Gefühles, daß er sich für die theoretisch erlernten und nun praktisch zu bewährenden Tanzkünste am besten gleich selber eine Dame mitbringe, gestern abend dem Käthchen Krauß, so hieß die hübsche Blondine, auf der Brücke genähert. Ein um diese Zeit nicht ungewöhnliches Gespräch über den Sonnenuntergang in seiner idealen Beziehung zum Meere hatte verwandte Gefühle ergeben. Und da der Tierarzt aus Graudenz gerade gestern abgereist war, der sich sonst hier abends mit Käthchen Krauß zu treffen pflegte, so sah das ein wenig im Herzen beschwerte Mädchen, das noch vor einer Stunde Tränen geschluckt hatte, die höfliche, vielleicht für einen Badeort und eine Brücke etwas zeremonielle Anrede des Bankbeamten Klostermann für eine gnädige Fügung des lieben Gottes an. Und als das Thema des heutigen Sonnenunterganges im Vergleich mit früheren Phänomenen ähnlicher Art restlos erschöpft war, besprach man die herannahende Reunion. Da nun das blonde Käthchen Krauß zwar, wie sie äußerte, wohl Lust daran teilzunehmen, aber keinen Kavalier hatte, so tat Klostermann, der seinerseits auch Lust aber keine Dame hatte, den äußerst verständigen Vorschlag, daß sie beide zusammengehen und sich auf diese Weise gewiß ganz vortrefflich unterhalten wollten.

Käthchen Krauß, die so im Wandern durch den Wald zuweilen einen heimlichen Blick auf ihren Begleiter warf, gestand sich zwar ein, daß der Tierarzt stattlicher gewesen und sich auch weltmännischer gegeben hatte. Auch konnte Klostermann auf der linken Wange keine Narben von Hakenquarten aufweisen, die ja auch bei Bankbeamten selten sind. Und es kam dem klugen Mädchen so vor, als sei seine Unterhaltung etwas überhastet, besonders, wenn man das Tempo seiner Rede mit dem verglich, was nachher dabei herauskam. Aber Käthchen Krauß erinnerte sich des wahrhaft weisen Spruches von dem Sperling in der Hand, der einer Taube auf dem Dache vorzuziehen sei. Und so versprach das errötende Käthchen Herrn Klostermann, eine Viertelstunde vor Beginn der Reunion gegenüber dem Strandhotel vor dem Barometer zu stehen. Ein Versprechen, das sie dann auch einhielt, obschon sie an diesem späten Nachmittag nicht weniger als sechs Damen zu frisieren hatte – alle für die Reunion –, von denen vier durch ihr recht dürftiges Material an eigenen Haaren eine große Kunstfertigkeit bei Käthchen voraussetzten, während die beiden anderen wiederum durch eine äußerst widerspenstige Fülle des Materials der ordnenden Hand große Schwierigkeiten entgegensetzten. Trotzdem gelang es dem tüchtigen Mädchen, wie gesagt, zur versprochenen Zeit an dem Barometer zu stehen. So kam es, daß dieses jugendliche Paar, nicht gerade allzu sicher in den Formen, aber klopfenden Herzens, nur einige Minuten später als Wachsens den festlichen Saal betrat. Da die beiden zunächst an einem für zwölf Personen gedeckten Tisch Platz genommen hatten, erkundigte sich der Ober, ob sie „noch größere Gesellschaft“ erwarteten. Da sie dies wahrheitsgemäß verneinten, so komplimentierte er sie ebenso höflich wie energisch an ein schmales Zweiertischchen. Dieses stand in einer Nische, wo es zwar vom Fenster her kräftig zog, auch von den künstlerischen Darbietungen in Anbetracht der großen Entfernung vom Podium wenig zu erhaschen war, wo sich aber erfahrungsgemäß eine seelische Annäherung leichter und erfreulicher erreichen läßt, als an einem vielleicht besser placierten Tisch für zwölf Personen, an dem dann zehn Plätze leer blieben.

Der Saal hätte sich vielleicht noch rascher gefüllt, wenn nicht draußen die Garderobenverhältnisse etwas beengt und verwickelt gewesen wären. Daß zwei von den drei vorhandenen Garderobenfrauen, die in den weißen Häubchen sehr aufgeregt bedienten, auch noch ein so unverfälschtes mecklenburgisches Platt sprachen – welches, so gut es sich anhört, zum Beispiel Gäste aus Essen und Konstanz erfahrungsgemäß schwer verstehen –, erleichterte die Abwicklung der Geschäfte auch nicht. Immerhin war kurz nach acht Uhr der Saal schon fast gefüllt. Und zwar von einer recht interessanten Gesellschaft.

So hatten sich, da es wirklich wahr zu sein scheint, daß sich das Edle anzieht, der Baron Lescinski und Frau von Mayhoff, von der man an diesem Abend zum erstenmal hörte, daß sie seine Cousine sei, mit der Baronin Julie Kattenberg und deren schöner Tochter Cornelie an einem Tisch zusammengefunden. Und wenn man dieser kleinen und gewählten Gesellschaft nicht schon von weitem angesehen hätte, daß sie edlen Blutes sei, so hätte man das durch die hin und her schwirrenden unermüdlichen Anreden „gnädigste Baronin", „lieber Baron" einwandfrei erfahren.

Kuckucks hatten an einem Tisch Platz genommen ganz in der Nähe des Podiums. Was begreiflich und notwendig war. Denn Herr von Kuckuck führte über die künstlerischen Arrangements persönlich die Aufsicht. War auch gesonnen, sich – als so eine Art von Conférencier – der Einführung der einzelnen Künstler zu unterziehen. Carola hatte den zweifellos sehr alten, nicht gerade durch Pracht der Edelsteine erschütternden Familienschmuck der Wunsiedels angelegt und war durch eine schwere Halskette, die bei längerem Tragen den Hals etwas scheuerte, und ein gewiß nicht mühelos in der hohen Frisur zu befestigendes Diadem in der leichten und freien Bewegung von Hals und Schultern wesentlich behindert. Wodurch das Hoheitsvolle, das sie an sich hatte, noch beträchtlich gesteigert schien. An ihrem, von Sauerborn besonders reich mit Blumen geschmückten, Tische hatten noch Platz genommen drei gut aussehende ältere Herren. Sie trugen alle drei diskrete Bändchen in der Frackklappe. Kavaliere, die an der Art, wie sie sich verbeugten, wie sie die Konversation führten, den Kellner riefen und kurz und energisch lachten, sofort als ehemalige Offiziere feudaler Reiterregimenter zu erkennen waren. Auch der junge Graf Wunsiedel saß, allerdings etwas bedrückt, an der Schmalseite dieses Tisches. Das heißt, die meiste Zeit war er abwesend und befand sich, von diskreten, aber zwingenden Blicken seiner Schwester dorthin dirigiert, am Telephon, um sich in Rostock an allen möglichen Stellen zu erkundigen, ob und wann denn, wie zugesagt, das Auto mit den Tombolagewinnen abgefahren; oder ob, wie es schiene, dieser große Auftrag bei der Firma, die damit beglückt war, schmählich in Vergessenheit geraten sei.

Den Mittelpunkt dieses Tisches aber und den der allgemeinen Aufmerksamkeit bildete ein sehr elegantes Paar, das man allerdings von unserem Tisch aus nur von hinten sehen konnte. Aber auch von dieser Seite machte es einen sehr guten Eindruck und erweckte den Wunsch, es auch von der anderen Seite kennenzulernen. Ein ganz weißhaariger, vornehmer, alter Herr neben einer, wie es den Anschein hatte, weit jüngeren Frau, deren blendend schöne Schultern aus einem Wolkengedicht cremefarbener Brüsseler Spitzen stiegen, und deren dunkles reiches Haar von einem matten Goldreif gehalten wurde.

„Vermutlich die Exzellenzen, von denen der Oberst immer wieder gekuckuckt hat“, sagte der alte Dannenberg an unserem Tisch. Er hatte erst überhaupt nicht mitkommen wollen, der Professor. Aber Lux hatte ihn am frühen Vormittag, während sie gemeinsam die Blattläuse von den Rosen ablasen, mit sanften Reden überzeugt, daß in dem gütigen Herzen unseres Freundes Julius, der allem Allzumenschlichen das volle Verständnis entgegenbrachte, auch nicht das Restchen einer Bitterkeit zurückgeblieben sei. Und nachdem sich eine Stunde später Ursel, gewissermaßen als Zeichen und Beweis dieser Wahrheit, auf der Strandpromenade in ihn eingehängt und ihm lachend zugeredet hatte, doch „kein solcher Bär von einem Deutschen“ zu sein, war er mitgekommen. Ein bißchen verlegen zunächst, da er weder Frack noch Smoking besaß und sein alter, etwas großväterhaft geschnittener Gehrock sich eher für ländliche Begräbnisse als für festliche Abendvorstellungen in einem mondänen Hotel eignete.

Beim Einnehmen der Plätze hatte es Ursel verstanden, durch eine scheinbar zufällige, geschickte Wendung ihren Platz zwischen mir und dem Marchese zu finden, der sich uns angeschlossen hatte. So liebenswürdig und betont freundlich die kleine Amerikanerin zu dem alten Dannenberg war, so kühl, ja gleichgültig behandelte sie ganz offen dessen Sohn Max, dem sie bald links, bald rechts am Ohr vorbei ins Weite sah. Und wenn wir, Lux und ich, nicht heilig überzeugt gewesen wären, daß unser kleiner Wolfgang durchaus nicht mondsüchtig gewesen war und die Geschichte auf der Gartenbank ganz gewiß nicht erfunden hatte, so hätten wir an diesem Abend auch nicht die leiseste Zuneigung dieses in all seiner Fröhlichkeit stolzen Mädels für den jungen Arzt erkennen können.

Das aber gab unserem Tisch zunächst etwas Bedrücktes, daß gerade die zwei jungen Kavaliere zunächst ernst und seelisch belastet schienen. Max Dannenberg wußte genau, was ihm Ursel nicht verziehen hatte. Die disziplinlose Schwäche hatte sie dem Professor, im Hinblick auf sein Alter und auf große Enttäuschungen seines an Glück und Erfolgen nicht reichen Lebens, rasch und gutwillig vergessen. Aber, daß der in den Formen der Universität und des Korps erzogene Sohn – gleichviel, ob das gerade durch sein Gefühl für sie geschehen war – nicht rechtzeitig den übersprudelnden Alten zu verhindern wußte, das Letzte, das Bitterste gegen ihren in vornehmer Ruhe das Giftgeschoß erwartenden Vater zu schleudern, *das* war es, was sie seit jener Stunde kalt, hart und, wie es schien, unversöhnlich gemacht hatte einem Manne gegenüber, der ihr gefallen und bis zu einem gewissen Grade imponiert hatte. Der Marchese aber war vielleicht der Allerunglücklichste am Tisch. Unter dem Vorwand, uns abzuholen, hatte er rasch noch einmal einen Blick nach der Konditorei Lentz gegenüber geworfen. Wie wir denn wohl überhaupt einen Teil seiner häufigen freundschaftlichen Besuche dem Umstand zu verdanken hatten, daß man mit gutem Auge von unserer Veranda aus, durch den wehenden Schleier der Zweige von Büschen und Bäumen das Wesentlichste dessen, was da drüben auf der Terrasse des Café Lentz vorging, recht gut beobachten konnte. Und heute abend, gerade als er durch unser Gartenpförtchen eintreten wollte, hatte der Marchese da drüben am Tisch in einem der nischenartigen Läubchen die Lene erspäht. Seine geliebte, vergötterte Lene, die er als Heilige für die Kapelle der Caponeros malen ließ. Dort saß sie mit einem Herrn, den er nicht kannte, den er noch nie hier oder anderswo erblickt hatte. Mit einem, wie seine Eifersucht feststellte, nicht besonders schönen oder eleganten Manne. Saß! Was sie sonst nie tat, wenn sie bediente, und wozu sie der verliebte Marchese bittend, beschwörend, versprechend noch nie gebracht hatte – sie saß und plauderte lächelnd mit diesem zwar dem Späher gänzlich unbekannten, aber sofort tiefverhaßten Kerl. Dieses alles hatte er sofort vorhin – illustriert und verstärkt durch unzählige italienische Beteuerungen und gedämpfte Flüche – meiner Frau noch auf der Diele von „Haus Ithaka“ erzählt. Zur selben Zeit als ich eben meine weiße Binde wie ein Verrückter in allen Schubladen und Kästen suchte; um sie später im Kinderzimmer auf einem Kochbuch, das ebenfalls durchaus nicht hierher gehörte, neben dem Bett meines Ältesten wiederzufinden. Im Halbschlaf gab mir mein Sohn Wolfgang die etwas ängstliche weinerliche Erklärung, sie hätten ein bißchen „Hochzeit gespielt“, da sei er der Herr Pfarrer gewesen und habe auf einem Schemel stehend Evchen und Peter mehrfach getraut. Wozu er zwei Dinge doch unbedingt brauchte. Das Kochbuch Paulines, das die Bibel darstellte, und meine weiße Krawatte, ohne die ihm die anderen beiden Kinder, besonders Peter, den „Pfarrer“ nie geglaubt hätten.

Gerade als alles an den Tischen seine Mahlzeit bestellt hatte und die ersten dampfenden Platten ankamen, auch hier und dort schon das sympathische Geräusch eines Korkens, der aus der Flasche fliegt, zu vernehmen war, schlug Oberst von Kuckuck dreimal feierlich an einen links vom Podium angebrachten Gong. Dann stieg er in priesterlichen, gemessenen Schritten die vier Stufen zur Bühne empor und verneigte sich militärisch, ruckartig vor dem Publikum.

„Das ist ein italienischer Marchese“, erklärte eine dicke Dame am Nebentisch, indem sie ohne Scheu ein gewichtiges Opernglas auf den Obersten richtete. Und sie hatte die Genugtuung, daß der sauertöpfisch dreinschauende Ehegatte mit einem Blick über den Zwicker versicherte: „So sieht er auch aus.“

Oberst von Kuckuck dankte zunächst den Erschienenen für ihr Erscheinen. Nach dieser nicht ungewöhnlichen Einleitung tat er einen verstohlenen Blick hinunter in die hohle rechte Hand. Es war wohl ein Zettelchen listig darin verborgen. Da er offenbar die Schrift auf dem Zettelchen leider nicht gleich lesen konnte, klemmte er umständlich sein Monokel ins rechte Auge.

Mir kam es vor, als präsidierte Carola nicht mehr ganz so korrekt und gereckt an ihrem Tische. Wie ein Kommentar zu meinen kritischen Gedanken, sagte der alte Dannenberg in diesem Augenblick: „Ich habe ein einziges Mal in meinem Leben neben der Frau eines lebendigen Ministers gesessen. An diesem Abend ist ihr Mann Exzellenz zum erstenmal in seinem Leben mitten in seiner Rede steckengeblieben. Und ich kam mir vor, als sei ich an allem schuld."

Der Oberst angelte wieder nach dem Faden seiner Ansprache. Er wiederholte zunächst, daß er den Erschienenen danke, und zwar – er müsse das wiederholen – für ihr persönliches Erscheinen. Dann kam er auf das Programm zu sprechen, das er der Einfachheit halber noch einmal, langsam und mit guter Betonung vorlas, obschon es, gedruckt, an der Tür den Besuchern von errötenden Festjungfrauen gratis in die Hand gedrückt worden war. Es seien zwar im wesentlichen Dilettanten, die sich da produzieren, sagte er, aber –

Jetzt stürzt sich Roswitha ins Schwert, dachte ich, – aber man sei mit aller Liebe bei der Sache; denn, wie man wisse, der uns allen bekannte und liebe Brückensteg ... Man war allerseits neugierig, *was* mit dem Brückensteg nun eigentlich los sei. Man erfuhr es nicht. Denn das heimliche, von dem Obersten sorglich in der Hand gehaltene Zettelchen war ihm bei einer seiner merkwürdigen, ruckartigen Bewegungen entglitten und flatterte, leicht und perfide, wie so ein Papierchen sein kann, von einem Luftzug bewegt, einem kahlköpfigen Herrn, der ganz vorn mit einer hochblondgefärbten Dame gerade sein Souper beginnen wollte, in die Krebssuppe. Der Oberst stotterte eine Entschuldigung. Der kahlköpfige Herr schickte mürrisch die Krebssuppe zurück. Carola aber an ihrem Tisch stürzte ein Glas Fachinger hinunter, als ob sie die Gräfin Terzky spiele und Gift zu sich nehme.

Nach einer kleinen Pause erklärte der Oberst mit etwas schwächerer Stimme, daß jetzt der Marchese Luigi Caponero auf einer Händel-Geige aus seinem, des Marchese Privatbesitz, das Largo von Stradivarius spielen werde.

Fröhliche Zurufe aus dem Publikum machten ihn auf sein lapsus linguae aufmerksam. Da sagte der Oberst bloß: „Natürlich umgekehrt." Verbeugte sich und trat zurück. Kam aber sofort wieder nach vorn und fügte hinzu, daß Herr Appel sich erlauben werde, den Marchese auf dem Klavier, das die Frau Geheimrat Rehbinder in selbstloser Güte zur Verfügung gestellt hätte, künstlerisch zu unterstützen.

Dies geschah. Der Marchese, der, lautlos wie ein Schemen, von unserem Tisch verschwunden war, stand plötzlich aufrecht, schlank, blaß, aber mit flackernden Augen da oben und spielte das „Largo". Nahm er es nun zu rasch im Tempo oder zwang ihn das eigenwillige Klavierspiel seines Begleiters dazu – ich habe das Largo noch nie so schnell seinem Ende zustreben gehört.

Man klatschte. Ein besonders Gebildeter rief mit lauter Stimme etwas Italienisches nach der Bühne. Der Marchese lächelte, als höre er einen Scherz auf dem Friedhof. Der Klavierkünstler aber verbeugte sich, nach einem vergeblichen Versuch, den Marchese zu gemeinsamem Dank an der Hand zu fassen, so oft und so tief, als habe er das Zeremoniell fern im Osten am Hofe der Mandschudynastie erlernt. Als zweites Stück wollte Luigi eigentlich Präludium und Fuge aus Bachs C-Dur-Sonate vortragen. Der Marchese änderte aber seinen Plan und gab mit schmerzlichem Lächeln ein bizarres Stück von Paganini zu. Eine ziemlich wilde Sache, für die weder der Klavierspieler noch sein Instrument das unerläßliche Temperament aufbrachten. So gab Herr Appel schließlich mit resigniertem Achselzucken das musikalische Rennen auf. Die Zuhörer, die allmählich mehr ein sportliches als ein musikalisches Interesse an der Sache zu nehmen schienen – wie an einem Spurt beim Sechstagerennen –, klatschten wie toll. Einige weniger Musikalische nur waren sehr verwundert, daß dieses kuriose Musikstück voller Ausgelassenheit eine Fuge von Bach gewesen, unter der sie sich bisher viel stillere und weniger unterhaltliche Musik vorgestellt hatten. Aber auch diese Überraschten beteiligten sich am Applaus. Der Geist von Hamlets Vater kann nicht ernster dreinschauen auf der Terrasse von Helsingör, als der Marchese, der sich, wie in Erfüllung schmerzlichster Pflicht, auf dem Podium verbeugte und dann, ohne für die Huldigungen junger Damen einen Sinn zu verraten, unserem Tische zuschritt, wo mittlerweile seine Hammelkoteletten eiskalt geworden waren.

Die Stimmung an den Tischen war durch den teuflischen Paganini entschieden gesteigert. Zwar hatte Roswitha sich nicht davon abbringen lassen, den „Tod des Tiberius“ und das „Hexenlied“ in unmittelbarer Folge vorzutragen. Sie entledigte sich dieser beiden so ernsten wie langen Balladen in einem tiefausgeschnittenen, hellblauen Samtkleid, in dem sie vermutlich vor Jahren in Bückeberg als Prinzessin Eboli in dem berühmten Pavillon der Königin den Prinzen Don Karl klopfenden Herzens erwartet hatte. An den vordersten Tischen schien man entschieden eingeschüchtert von ihrer imposanten Figur, von der Kraft ihrer unermüdlichen Stimme und den gewaltigen Heroinengesten, mit denen die Künstlerin ihre tragischen Erzählungen äußerst wirksam unterstrich. Auch fürchteten die Nahsitzenden vielleicht, das Podium, das bedenklich unter ihr ächzte, könnte zusammenbrechen. Im übrigen Teil des Saales aber vorlor man leider rasch das Interesse an dem römischen Kaiser und an dem Bruder Medardus im Kloster zu Hersfeld. Hier und dort hörte man sogar ein an sich erquickendes, aber in Anbetracht der von Roswitha gewählten Dichtung, eigentlich unmotiviertes Mädchenlachen. Es war auch für schärfere Ohren nicht zu leugnen, daß sich in den starken Beifall, der die vom eigenen Vortrag sichtlich ergriffene Künstlerin am Ende ihrer Darbietungen belohnte, etwas wie seelische Erlösung, ja sogar eine gewisse Ironie mischte. Auch schien es dem überaus animierten Herrn links in der Nische kaum recht ernst darum zu sein, als er schließlich überlaut die Zugabe von Schillers „Glocke“ flehentlich erbat.

Die beiden jungen Hamburger Musiker, von denen man den einen ja als Begleiter des Marchese schon erschöpft auf dem Drehstuhl gesehen hatte, spielten dann mit vereinten Kräften einige nicht aufregende Nummern. Von diesen erinnerte die letzte an zwei sentimentale Schlager von Jean Gilbert, deren Tempo der Vortragende nur verschleppte, war aber bei der Ankündigung als „Traum einer Kindsmörderin“ und als „Komposition des Kapellmeisters Appel“ von dem Obersten bezeichnet worden. Und hierbei konnte sich Herr von Kuckuck unmöglich geirrt haben, wie vorhin im Fall Händel-Stradivarius, denn er las diese interessante Mitteilung wörtlich von einem Zettel ab, den der Herr Kapellmeister Appel ihm selbst zugereicht hatte.

Der Tanz der jungen Mädchen war flott und allerliebst. Nichts weniger als Ballett. Natürliche Grazie, die in den kleidsamen, alten, mecklenburgischen Trachten reizvoll zur Geltung kam. Und die hübschen Rundtänze der Vergangenheit mit ihrem rhythmischen Schweben und Gleiten ließen in einer Zeit, die vielfach von Cowboys ihre Tanzfiguren und von Negern ihre melodienarme stumpfsinnige Begleitmusik entlehnt, in den Zuschauern eine wunderliche Sehnsucht aufblühen nach ganz schlichten Hopsern und Ländlern. Nach Ketten- und Rundtänzen, die nicht aus den Kneipen von Klondyke und aus den Kaffernkraalen am Zambesi importiert zu werden brauchen, sondern die frisch und natürlich aus dem gesunden Boden gewachsen sind, den die jugendlichen Sohlen der eingeborenen Tänzer berühren.

Diese Tänze wurden viel beklatscht und zwei davon mußten wiederholt werden. Als die beglückten Mädels, denen der Stolz auf ihren Erfolg die runden Wangen gerötet und die Augen blank geputzt hatte, knicksend abgetreten waren, erschien auf dem Podium ein in seltsame orientalische Gewänder gehüllter Zauberer mit langem weißen Bart. Die Gewänder waren ohne weiteres als zusammengenähte Perserbrücken zu erkennen. Und nicht schwer war der Zauberer aus dem Osten als der Oberst von Kuckuck zu erkennen, der in dieser munteren Vermummung allerlei Zauberkünste zum besten gab. Es ist nun durchaus möglich, daß der Oberst einige dieser Kunstfertigkeiten – nicht alle, aber einige – im Frack oder Straßenanzug recht gut erledigt und vielleicht sogar zu einem verblüffenden Ende geführt hätte; aber die fremden, schweren und, wie er nachher zugestand, auch atembenehmend nach fernen

Unappetitlichkeiten – wie Kamele, Hammelfett und solche Dinge – riechenden, nur allzu echten Teppiche aus Goldensterns Privatbesitz hinderten ihn zugleich, die Zaubertechnik seiner langen Arme frei zu entfalten und seine fünf Sinne restlos auf die schwierige Kunst der Zauberei zu konzentrieren. So kam es, daß ihm bei der Verwandlung eines geliehenen Damentaschentuches in ein duftiges Rosenbukett die freundlichen Kinder Floras, die er sich am Vormittag aus unserem Gärtchen erbeten hatte, bereits aus dem linken Ärmel heraushingen, ehe das verhexte Schnupftuch im rechten Ärmel verschwunden war. Zwei Kartenkunststücke gingen wesentlich besser. Obschon die meisten im Saal des Rätsels Lösung erfaßt hatten, ehe die Hexerei zu Ende war. Dagegen wurde dem Hexenmeister der schwierige Trick mit einem Hühnerei insofern verhängnisvoll, als die kleine Damenuhr, welche darin verschwinden sollte, seinen Fingern entglitt und zu Boden fiel, während er das in der andern Hand versteckte Ei vor Schreck zerdrückte, so daß ihm die gelbe Soße in den Ärmel lief.

Nicht ganz ohne Schuld an dem Fiasko dieses sonst wirksamen Zauberstückes, das eigentlich das Programm zu krönen bestimmt war, mochte der Umstand gewesen sein, daß mit großem Getöse und schreienden Hupensignalen – gerade während der Oberst sich anschickte, Uhr und Ei zu verwechseln – das Auto aus Rostock am Hotel vorfuhr, das die heißersehnten Tombolagewinne und, wie sich später herausstellte, noch anderes überbringen sollte.

Boß selbst, der während der künstlerischen Darbietungen sein Interesse zwischen der Bühne, die sein Künstlerherz heftig anzog, und dem Saal, in dem sich sein Geschäft glänzend abwickelte, schmerzlich geteilt sah, bald verzückt der Musik gelauscht, bald säumige oder ungeschickte Kellner halblaut gerüffelt hatte, kam eilends jetzt an Carolas Tisch mit der erfreulichen Meldung. Sofort begab sich Wolfrum, der gerade endlich sein Kalbssteak bekommen hatte, in Begleitung zweier Helferinnen von der Tombola nach dem Wagen vor dem Hotel. Dort erfuhr er zu seinem Mißbehagen, daß zunächst mal die bestellten fünfzig Nachtgeschirre für das „Kinderfest" abgeladen werden müßten. Bei dieser Mitteilung entfernten sich die jungen Helferinnen still und errötend.

Um den Wagen sammelte sich mancherlei Publikum, das, vom Abendspaziergang animiert, singend oder mit zärtlichen Gedanken aus dem dunkelnden Walde kam. Man sah mit Erstaunen und zunehmender Heiterkeit, wie ein eleganter junger Herr im Frack die Ausladung vieler in ihrer Bestimmungsart unverkennbarer Gefäße überwachte. Über den Zusammenhang dieser eiligen Sendung mit der in dem üppig erleuchteten Strandhotel gerade stattfindenden Festlichkeit wurden die kühnsten Vermutungen bald leise geraunt, bald laut geäußert. Und da der pflichtgetreue Begleiter des Autos gewissenhaft durch Anschlagen mit dem gekrümmten Finger an jedes der Gefäße erst feststellte respektive dem jungen Grafen als dem Besteller demonstrierte, daß ein Sprung oder Schaden an der Lieferung nicht vorhanden sei, zog sich diese seltsame Ausladung beträchtlich in die Länge. So sehr in die Länge, daß Carola oben auf der Treppe, in den rasch umgeschlagenen Abendmantel gehüllt, persönlich erschien, um nachzusehen, wo denn eigentlich der saumselige Bruder mit den köstlichen Gewinnen bleibe. Als sie aber der Gruppe ansichtig wurde, und die gleichartigen merkwürdigen „Gewinne", auf dem Bürgersteig gereiht, erkannte, entschwand sie mit einem unterdrückten Schreckensschrei alsbald wieder in den Garderobenraum. Wolfrum lief ihr nach und beruhigte die Erregte, daß die ersehnten Gewinne auch gekommen seien. Immerhin müsse man die leider mitgelieferten Gefäße für das Kinderfest zunächst irgendwo unterbringen, denn der Führer weigere sich ganz entschieden, das viele Porzellan noch einmal mit zurückzunehmen nach Rostock, um es ein paar Tage später wieder hierherbringen zu müssen. Nach kurzer und erregter Beratung mit Boß, der über diese so wunderliche wie umfangreiche Sendung nicht gerade entzückt war, wurde bestimmt, daß in einem nur als Abstellraum benutzten Nebensälchen, das vom Tombolaraum durch eine schwere rote Plüschgardine genügend getrennt war, und das man durch einen Nebengang erreichen konnte, die Gefäße einstweilen aufgestapelt werden sollten. Mit einiger Mühe ließen sich denn auch neben dem Hausknecht zwei Backfische von der Tombola durch schöne Reden und die Aussicht auf eine der Obsttorten finden, die unter viel Gekicher bereit waren, die zerbrechliche Ladung in dem angewiesenen Raum mit Umsicht zu verstauen. Die reiferen Damen von der Tombola hatten diesen Dienst, nicht ohne Entrüstung, abgelehnt.

Eine halbe Stunde später war alles in schönster Ordnung. Die Tische der Tombola präsentierten sich jetzt, um Lampen, Aschbecher, kleine Teeservice, Briefmappen, Löscher und Phantasiekästchen bereichert, recht bunt und ansehnlich. Und die dafür bestimmten Damen konnten mit ihren geflochtenen Körbchen ausschwärmen, in denen die kleinen gerollten Lose unter erstaunlich vielen Nieten auch Nummern bargen, die zur Abholung köstlicher Gewinne sofort berechtigten.

Es dauerte nicht lange, da hatte die alte Dame, die in dem Obersten vorhin gleich den Italiener erkannt hatte, den Revolver gewonnen, vor dem sie sich entsetzlich fürchtete. Herr Köppe war nach siebzehn gezogenen Nieten so glücklich gewesen, Dannenbergs hübsche Skizze zu erringen, die er für einen Öldruck hielt und sofort in der Garderobe abgab, um bei den weiteren Vergnügungen nicht behindert zu sein. Carola, der jeder ihrer Kavaliere am Tisch ein Los feierlich überreicht, gewann gleich auf zwei davon. Was ein großes Glück hätte genannt werden müssen, wenn sie nicht auf beide Lose je eine ihrer eigenen sieben Obsttorten gewonnen hätte. An unseren Tisch aber, der reichlich mit Nieten versehen war, fiel ein sehr bunt gestricktes Kindermützchen, das der Marchese gewann, und das er mit einem Lächeln tiefster Melancholie in die seidengefütterte Brusttasche seines tadellosen Smokings vergrub.

Nachdem Vorstellung und Mahlzeit beendet waren, zog man sich unter munteren Gesprächen in die etwas beengten Nebenräume zurück und nahm in zwanglosen Gruppen den Kaffee. Der große Saal wurde währenddessen von flinken Händen zum Tanzen ausgeräumt. Alsbald hörte man denn auch die ersten Takte eines Foxtrott. Als erster eilte Klostermann, das unglückliche Käthchen Krauß wie ein Schlachtopfer hinter sich herziehend, auf das glänzende Parkett. Der Tanz begann …

Julius aber saß allein mit Vera auf dem kleinen Sofa. Man konnte von hier aus gut in den großen Saal schauen und sich, selber geschützt, am gefährlichen Gewühl der tanzenden Paare erfreuen.

Sie war noch schön und jugendlich. Hatte noch die großen dunkelblauen Kinderaugen, aber das Lächeln war daraus verschwunden. Etwas wie kühles Erstaunen über die Welt und die Menschen lag in ihrem Blick. Des dunkelblonden Haares Fülle war nicht sorglos, wie damals im Atelier, mit Zelluloidnadeln aufgesteckt. Ein Halbmond von echten Brillanten saß vorn an dem matten Goldreif, der ihr weiches Haar umspannte. Um den Hals aber lag eine schöne doppelte Kette gleichgroßer matter Perlen.

Julius erinnerte sich, wie ihm die Kleine lachend von den Juwelenschätzen erzählte, von denen der Pensionär ihrer Mutter, der russische „Lämmergeier" lebte und, wie sie scherzte, zweihundertfünfundzwanzig Jahre werden leben können bei dieser Ernährung von echten Steinen.

Julius hätte stundenlang schweigen und sich bloß in Erinnerungen einspinnend neben der einst geliebten Frau sitzen können. Die ferne Tanzmusik brachte den leichten Rhythmus in seine Gedanken und der Glanz der Lichter störte seine Träume nicht. Aber aus seinem Unterbewußtsein stieg mahnend, zwingend der Gedanke herauf, daß er etwas reden müsse. Schon der Leute wegen, die vorüberkamen. Unter diesen Leuten waren manche, die der neuen weiblichen Erscheinung im Badeleben eine besondere, oft recht ungenierte Aufmerksamkeit schenkten. So zum Beispiel Herr Köppe, der mit der vom Tanz erhitzten und wenig verschönten Frau Wachs, stolz wie ein spanischer Hidalgo, vorbeikam und noch in Hörweite der beiden schweigsam auf dem Sofa Sitzenden sich vernehmen ließ: „Das soll nämlich eine russische Exzellenz sein, wie Sie sie da sehen." Frau Wachs nickte erfreut. Sie wollte das morgen ihrer Mutter schreiben, mit *was* für vornehmen Menschen sie hier zusammengewesen war. Und während ihr Mann nebenan im Hauptsaal die elektrischen Birnen zählte, und Köppe neben ihr im Weitergehen schöne Züge aus dem jungen Leben des „art'schen Garlchen“ berichtete, memorierte sie innerlich: zwei Exzellenzen, ein Oberstleutnant, ein Graf, drei Barone, der berühmte Barrenthin …

„Wie geht es Ihrer Frau Mutter und Ihrer Schwester?“ fragte Julius, indem er leicht seine Hand auf Veras kühlen Arm legte.

„Meine Mutter lebt jetzt in Augsburg. Bei meiner verheirateten Schwester.“

„Ach, in Augsburg. Eine sehr schöne Stadt.“

„Und Sie sind glücklich?“ Diese Frage war ihm ohne seinen Willen auf die Lippen gekommen. Schon, indem er sie aussprach, kam er sich ungeschickt und unzart vor.

Aber in Veras hübschem, blassen Gesichtchen, das ihm jetzt manchmal erschien wie eine melancholische Variation des lustsprühenden Köpfchens von damals, das er gekannt und geliebt und zwischen seine Hände genommen und geküßt hatte – in diesem Gesichtchen änderte sich kein Zug, als sie ruhig, fast bedächtig antwortete: „Es ist lange her – oder doch, es scheint sehr lange her zu sein, da haben Sie manchmal auch ganz ernsthaft mit meinem jungen Unverstand gesprochen. Haben mich ein bißchen belehrt, indem Sie mir bloß zu erzählen schienen. Im Atelier bei der Arbeit oder abends bei unserem gemütlichen Nachtmahl. Und da haben Sie mir einmal von einem alten hellenischen Weisen gesprochen, der die Frage ‚Wer ist glücklich?‘ beantwortet habe: ‚Wer Gesundheit, Zufriedenheit und Bildung, diese drei, in sich vereinigt!‘ “

„Thales von Milet soll das gesagt haben.“

„Ich vergesse Namen so leicht. Gute Worte behalte ich. Und nach *diesem* guten Wort bin ich ja vielleicht glücklich. Gesund? – Ich bin's. Wenn das eine Frau überhaupt sagen darf und bleiben kann, die ihren eigentlichen Beruf nicht zu erfüllen vermag. Zufrieden –? Ich habe keine Sorgen; und anderen, die ich herzlich liebe, hab' ich die drohenden Sorgen erspart. Und Bildung –? War nicht meine schwerste Bürde, als ich … Aber jetzt – ich lese viel. Nicht wahllos. Alles, was Sie mir so in früheren Unterhaltungen einmal gelegentlich genannt: Bücher, Dichter, Probleme. Viel, was ich damals weggelegt und weggelacht habe, kommt jetzt in meinen stillen Stunden wieder herauf. Als Lockung, als Interesse. Ruft mich und winkt mir. Ich hole mir die Bücher – oder mein Mann holt sie mir –, bestelle mir die Werke der Dichter, von denen Sie rühmend sprachen. Und meistens lege ich sie dankbar und gebildeter aus der Hand."

Aus dem großen Saal, in dem viel junge Welt sich lachend vergnügte, war ganz plötzlich, aus einer Gruppe tanzfroher Menschen sich lösend, ein schlankes Mädchen auf Julius zugetreten. Klopfenden Herzens, mit leuchtenden Augen, erhitzt vom eigenen Mut, und doch schrecklich froh und stolz, das einmal Vorgesetzte doch noch zu erreichen, stand Inge, Hildurs Tochter, vor ihm. Er aber wußte nicht, daß es die Tochter war. Konnte nicht ahnen, daß dieses Mädchen einen heimlichen Blick getan in das Zimmer des Holzhäuschens draußen am Meer, das der Mutter Bild barg. Konnte nicht begreifen, daß dieses Mädchen, stolz auf die Ähnlichkeit mit der vergötterten Mutter, für diesen Abend ein weißes Kostüm gewählt hatte, das, so sehr es die Mode irgend erlaubte, jenem Strandkostüm ähnlich war, in dem Julius einst in glücklichen Stunden die aufrecht im graugrünen Dünengras stehende Dänin gemalt. Inges herrliche goldenen Haare, das Erbstück durch viele dänische Generationen, hatten sich vom Tanze ein wenig gelockert. Es waren dieselben Locken, mit denen vor Jahr und Jahren der Wind der Nordsee gespielt. Und eine einzige solche Locke fiel in glatten, eigenwilligen Ringeln auf die nicht sehr hohe, aber fein gemeißelte Stirn. In aller Schlankheit des straffen Wuchses noch Fülle, in aller Jugend doch die Dame, die sichere Tochter einer flutenden Welt, in der nur *der* sich behauptet, der für sie geboren ist. Wie ihm, der von den dunklen, üppigen Frauen des sonnigen Südens kam, damals auf der von herbem Wind umwehten Überfahrt nach Sylt, Hildur entgegengetreten, so stand jetzt, als ob die Natur sie liebevoll zum zweitenmal gebildet hätte, Inge vor ihm.

Für die Dauer kurzer Augenblicke versank der erleuchtete Saal in all seiner Kerzenhelle, mit seinen Draperien, Fahnen, Blumen und Menschen. Kleine schilfgedeckte Friesenhäuser tauchten auf, flach und unregelmäßig hingestreut, wie eine erschöpft ruhende Herde um den ragenden Wächter, den Kirchturm, gelagert. Und ihm war, als müsse er die Hand, diese ein wenig große, ein wenig feste Hand, die den oft geübten Griff nach Zügel und Ruder verriet, wieder ergreifen. Die ringlosen Finger, die sich, die seinen suchend, ihm entgegenstreckten. Und müsse Hand in Hand mit dieser geliebten Frau wieder den schmalen Weg finden, an den Mauern dunkelnder Gärten her, über die Hügel zur Heide am Wattenmeer, wo die angepflockten dummen Hammel ängstlich in die Nacht blökten und die aufgeschreckten Enten durch das zitternde Gras der Dünen emporflohen. Wie gebannt und verzaubert stand der Künstler vor dieser holden Erscheinung einer dritten Vergangenheit. Und wie von ganz, ganz fern hörte er eine Stimme, die er nie gehört und doch so gut aus schönen, stillen Sommertagen kannte, die Worte sagen: „Ich durfte nicht abreisen, Herr Barrenthin, ohne Sie begrüßt zu haben. Heute nacht noch fahren wir mit dem ‚Schneewittchen' nach Warnemünde, um morgen früh den Anschluß zu bekommen. Nun aber kann ich meiner Mutter sagen, daß ich Sie gesehen und gesprochen und daß ich Sie – freilich ohne Auftrag, denn die Gute weiß es ja nicht – von ihr gegrüßt habe. Und das wird, das weiß ich, die Mutter von Herzen freuen, denn —" Die Stimme verklang für Julius in der Ferne.

„Mutter" – das eine Wort gab den Schlüssel zu allem. Der seltsame Zauber, der ihm Atem und Stimme genommen, der sein Herz stillstehen lassen wollte, wich langsam von ihm. Die schilfgedeckten Friesenhäuser versanken. Er war wieder im Festsaal des Strandhotels. Und das junge Weib, das seine Hand festhielt und drückte, war Ursel, sein Kind, das neben ihm stand. Und ihre guten, jetzt ein bißchen ängstlich in den seinen forschenden Augen sagten: Vater, ich weiß.

Und nach einer Weile, als sich all das Seltsame von seiner Brust gelöst, fand Julius auch die Stimme wieder: „Sagen Sie, Fräulein – Verzeihung, wie war doch der Name –?"

„Wiesner, Inge Wiesner, Hildur Hansens einzige Tochter."

„Sagen Sie, liebes Fräulein Inge – ich darf Sie doch so nennen? Sagen Sie Ihrer Frau Mutter, ich habe ein solches Spiel der Natur noch selten, noch nie gesehen. Sagen Sie ihr, es war mir, als Sie – jung, blond und blühend auf mich zutraten, als seien zwanzig Jahre wie ein

Tag – und ich lebte diesen Tag noch einmal in einem Zeitraum von Sekunden. Diesen Tag, da ich die Ehre und Freude hatte, der Jugend Ihrer Mutter zu begegnen. Ich habe diesen fernen Sommer und diese liebe Begegnung *nicht* vergessen. Das, liebes Fräulein Inge, wollen Sie bitte Ihrer Frau Mutter bestellen."

Er hätte gern noch viel mehr gesagt – aber in diesem Augenblick kam ein junger Herr eilig heran. Er winkte schon wichtig von weitem: „Fräulein Wiesner, wir suchen Sie schon überall. Ihr Onkel ist unruhig, er will aufbrechen. Das ‚Schneewittchen' fährt doch in einer halben Stunde, und das Gepäck muß noch zur Brükke …"

Es war Julius so – oder nein, es kam ihm später, viel später zum Bewußtsein, daß sich ein frischer Mund über seine Hand gebeugt und sie in flüchtigem Kusse, wie ein Hauch, berührt hatte.

Der junge Herr verneigte sich eilig vor den Anwesenden und zog Inge mit sich fort.

Julius sah der ihn schon von ferne zum Abschied Grüßenden wortlos nach. Seine Lippen lagen fest aufeinander. Seine Wangen waren seltsam blaß. Seine Augen hatten an Glanz verloren, und in ihren Winkeln die Fältchen wurden tiefer und schärfer, wie die Fußspuren von Krähen im Schnee.

„Wer war das?" fragte Vera leise, dicht an Ursels Ohr.

„Ich glaube", Ursel sprach's noch leiser vor sich hin, während sie des Vaters Hand nicht losließ, „– ich glaube, Papa hat ihre Mutter gut gekannt."

Da nickte Vera nur lächelnd. Sie gedachte eines vergilbten Skizzenbuches, das sie einmal tief in einer Pultschublade des Ateliers gefunden, in dem flüchtige, aber ganz herrliche Skizzen eines jungen, straffen Mädchenkörpers sich befanden. Und unter all diesen Blättern stand nur: „Sylt. In einem Sommer.“–

Zwei wundervolle Wochen waren ins Land gegangen. Die ältesten Leute – und es gibt recht alte Leute an diesem gesunden Küstenstrich der deutschen See – erinnerten sich nicht ... Kein Wölkchen war zu sehen gewesen. Sonne – liebe, warme, helle Sonne Tag um Tag.

In den guten Morgenstunden war kein Strandkorb leer am dichtbevölkerten Strande. Und abends rieben sich die Wirte, müd aber vergnügt, die Hände; denn alle Zimmer in ihren Häusern waren bis unters Dach gut besetzt. Und die herrliche Wärme hob und förderte die Lust am Trinkbaren. Zwei kleine Gewitter nur, kurz und heftig, waren, überraschend im Aufstieg und Entgleiten, wie ein Witz des Himmels, über Wald und Strand gefegt. Und wieder schien über dem erfrischten Küstenstrich die Sonne – liebe, helle, warme Sonne Tag um Tag. Schien auf Menschen und Rosen, auf Sand und Meer und wußte durchs dichte Laubdach der Buchen vorzudringen bis zu den prächtigen Fächern der Tausende von stolzen Farnen, die ihr frisches Grün schimmern ließen, soweit der Blick in den Wald drang.

Das Publikum in den Gasthöfen und am Strand hatte so um den Monatsersten herum wie immer gewechselt. Wachsens, Hälbig und Köppe mit dem „art'schen Garlchen“ waren, betrübt, daß die schöne Zeit zu Ende, im vollgepfropften Auto nach Warnemünde davongerollt. Der Baron Lescinski, der überall erzählte, daß er in Gelbensande beim Großherzog seine Karte abgegeben – ein Vergnügen, an dem ihn der Großherzog nicht hindern konnte –, war mit Frau von Mayhoff zufällig am selben Tage nach Kopenhagen gefahren. Vermutlich, um beim König von Dänemark seine Karte abzugeben. Die Baronin Kattenberg mit Tochter Cornelie aber war, was sie gewiß weder beabsichtigt noch geahnt hatte, in der treuen Begleitung Klostermanns abgereist. Die beiden Damen wurden diesen warmherzigen Jüngling nicht mehr los, seitdem er an dem verhängnisvollen Abend im Strandhotel das Krokodilledertäschchen der Baronin, in dem sich außer Lippenstift und Puderdöschen auch ihr ganzes Reisegeld befand, zufällig unter einem Tisch erspäht und scharfsinnig Visitenkarten suchend und findend der gleichzeitig bestürzten und hochbeglückten Dame als ehrlicher Finder ausgehändigt hatte.

In der kleinen, von Bienen umsummten, von Faltern umflügelten Laube von Haus Ithaka, die den vollen Blick über den Rosenflor und den immer noch nicht „englischen“ Rasen hatte, lag, viel bunte Kissen im Nacken und Rücken, eine lichtblaue Mailänder Reisedecke mit dem eingestickten Wappen der Caponeros über den noch schlanker gewordenen Beinen, auf verstellbarem Liegestuhl der Marchese.

Wolfgang, der seine kleine Flugmaschine, schon repariert, mit leise gestottertem Dank aus den Händen des Marchese empfangen hatte, stand erstaunt und schaute die beiden an mit großen, fragenden Augen. Plötzlich sagte er mit seiner hohen Kinderstimme:

„Tante Ursel – Onkel Max, warum küßt ihr euch eigentlich gar nicht mehr, wie neulich abends auf der Bank unterm Holunder?“

Da richtete sich der Marchese zum ersten Male wieder mit einem jähen Ruck kerzengerade auf, so daß er fast mit den Köpfen der beiden zusammengestoßen wäre. Sein Mund stand offen vor Staunen, und sein hübsches und sonst kluges aristokratisches Gesicht bekam einen so komischen Ausdruck der Verblüffung, daß die beiden unwillkürlich von herzlichem Lachen geschüttelt, sich über seine Beine hinweg an den Händen faßten und ohne viel Scheu taten, was mein Sohn Wolfgang geraten und erwartet hatte.

Dann machte sich Ursel frei und sagte ruhig, wie vom Wetter sprechend, zu dem Marchese: „Ich denke, es wird eine gute Ehe geben. Und Sie dürfen der erste sein, Marchese, der uns gratuliert."

Der Marchese kam dieser Aufforderung sofort mit größter Herzlichkeit nach. Aber er war noch immer so bestürzt, daß er die deutschen Worte nicht fand. Eine Flut klangschöner italienischer Phrasen ergoß sich in Sturzwellen über die beiden jungen Leute, die kein Wort davon verstanden, aber sich gewiß mit Recht für all die guten Wünsche bedankten.

„So", sagte Ursel, „und du, lieber Wolfgang, sollst, wenn du groß bist und nach Philadelphia kommst, von Max und Ursel Dannenberg empfangen werden wie ein kleiner Fürst oder wie ein großer Entdecker. Denn du bist klüger gewesen als die Tante Ursel, die schon nicht mehr recht geglaubt hat, – und bist viel mutiger gewesen als der Onkel Max, der sich immer nicht recht getraut hat, seit – aber das ist ja nun vorbei: Und jetzt gehen wir zu sprechen mit Pa!"

*

Verlobungen sind für ein kleines Seebad so interessant und fast so aufregend wie Revolutionen für Balkanstaaten.

In allen Hotels besprach man bei Tisch die beiden Verlöbnisse, die da an ein und demselben Tag bekannt geworden waren. Von Strandkorb zu Strandkorb flatterten interessante Details und neue Wissenschaften. Was die Halbnackten noch nicht wußten, das brachten die naß dem Wellenspiel Entsteigenden mit aus dem Wasser. Man kann nicht sagen, daß just alle Gespräche, die mit schönem Eifer diese beiden Themen variierten, im strengen Dienste der historischen Wahrheit standen. Einer exakten kritischen Forschung hätte wahrlich nicht alles standgehalten, was da von romantischen Seelen, laut oder gewispert oder auch nur andeutungsweise, weiter verbreitet wurde.

Um das Wesentliche der Erzählungen und Legenden in kleiner Blütenlese festzuhalten. Man hatte sich im Falle Max-Ursel dahin geeinigt: Der junge Arzt, Doktor Max Dannenberg, war der Sohn eines etwas schrulligen Professors. Der junge und ansehnliche Mann leitete schon da drüben in Amerika ein vierundzwanzigstöckiges Riesenhospital in Neuyork oder aber die größte Irrenanstalt des Staates Ohio – darüber war man sich nicht ganz im klaren. Der hatte sich nun plötzlich hier, obschon drüben die Dollarprinzessinnen nur so Schlange standen, mit der Tochter des berühmten Malers Barrenthin – einige fanden sie schön, andere ganz hübsch, wieder andere bloß pikant – verlobt. Dies Mädchen hatte eine Indianerin vor zwanzig Jahren am Delaware dem Meister Barrenthin zu seiner eigenen Verwunderung geboren, als der dort den Präsidenten der United States für die Universität Madison malte ... Und dieses Bündnis zwischen dem Doktor und der Amerikanerin sei um Mitternacht im dunklen Garten des Hauses Ithaka geschlossen worden, nachdem sich ein lungenkranker italienischer Marchese der schönen Braut wegen beinahe erschossen oder tatsächlich aus dem Fenster gestürzt hätte. Der beglückte Vater der Braut hatte den jungen Leuten ein berühmtes Schloß am Rhein, das ihm selbst von einem fürstlichen Gönner hypothekenfrei geschenkt worden war, als Wohnsitz zur Verfügung gestellt. Aber die beiden hatten ohne Besinnen verzichtet, da eine dringende Depesche aus Washington den Doktor zum Leibarzt des Präsidenten, mit Wohnung im Weißen Hause bei voller Verpflegung und mit dem Gehalt eines deutschen Reichskanzlers ernannt hatte …

Die Wahrheit aber war: daß Max und Ursel vom Lager des Marchese im Garten von Ithaka zu dem kleinen Postgebäude wanderten, wo die Telegraphendame seit drei Minuten eigentlich „keinen Dienst mehr" hatte, und gerade, nachdem sie sich noch einmal die Löckchen gebrannt, ihre Tennisschuhe anzog. Aber das Telegraphenfräulein hatte ein Herz für neugebackene Brautleute. Sie kannte den aufregenden Zustand, da sie in der letzten und vorletzten Saison auch verlobt gewesen war; allerdings, ohne daß in einem der beiden Fälle der betreffende Bräutigam ernstliche Konsequenzen daraus gezogen hätte. Sie tat also ein übriges und nahm das Telegramm noch huldvoll in Empfang, das an Mister Webster gerichtet war und lautete: „Einverstanden. Komme mit meiner jungen Frau in drei Wochen hinüber. Dannenberg."

Dieses alles tat und leistete das Postfräulein, obschon sie seit drei Minuten eigentlich keinen Dienst mehr hatte und die Berechnung der Kosten eines Überseetelegramms – nach Amerika wird schließlich nicht alle Tage von solchem Schalter aus gekabelt – sehr schwierige arithmetische Probleme aufwarf und für jemand, der eigentlich Tennis spielen will, schrecklich viel Zeit kostete.

Dann waren Ursel und Max – noch nicht Arm in Arm, denn „ich bin eine korrekte Deutsche“, hatte Ursel vergnügt gesagt, „die erst ihren Pa fragt und *dann* erst sich einhenkelt“, – zu Julius ins Hotel gegangen. Sie fanden den Vater im Lesezimmer schmunzelnd gebeugt über die Pläne der Taunusvilla, die ihm heute zugegangen waren, und mit einem goldenen Bleistift liebevoll die Zimmer markierend, die sonnigsten Zimmer, die er für Ursel, das Töchterlein, bestimmt hatte. „Urselchen“ hatte er schon in drei solcher anmutigen Quadrate eingeschrieben ... So wenig leicht es für Julius war, sich in all seinen Hoffnungen und Plänen in einem einzigen Augenblick umzustellen – er war liebender Vater und erprobter Weltmann genug, um das Glück, das so blank und echt aus seiner Tochter hübschen Augen leuchtete, nicht durch das Bekenntnis einer schweren Enttäuschung zu trüben. Noch am selben Abend gingen die Pläne der Villa an den Eigentümer dieser „Taunusperle“ mit kurzem Dank und höflichem Bedauern zurück. Ein Traum war begraben, eine Hoffnung geknickt. Aber in diesem Manne, der sein eigenwilliges Leben als Mensch und Künstler gelebt, hatte die Selbstsucht keinen Platz, und in der Seelenstärke, die unfreundlichem Schicksal gegenüber die Herrschaft über sich selbst behält, hatte er stets das Glück der Persönlichkeit gesehen. So hob er am Abend, frisch und liebenswürdig im tadellosen Smoking, in froher Güte lächelnd, sein Sektglas und trank mit ein paar hübschen leisen Worten auf das junge Paar. Auf ein Glück, das, von seinem Segen begleitet, in einem fernen Lande blühen sollte, das er nie geliebt hatte und das er, wie er wußte, niemals betreten würde.

*

In unserem kleinen Kreis, der zum Mittelpunkt seiner heimlichen Versammlungen und Besprechungen das Haus Ithaka gemacht hatte, waren alle Gedanken in dieser Zeit gerichtet auf das immer näher rückende Fest, das uns alle noch einmal froh und dankbar feiernd beisammen sehen sollte, ehe der Strand und die Waldwege einsam wurden und der Herbstwind das farbige Laub über die sterbenden Farne hinfegte.

Beate Thomsens siebzigster Geburtstag nahte heran. Sie hatte nichts davon wissen sollen, daß allerlei Festliches für diesen Tag geplant war. Aber als unsere Kinder ihr im Wald begegneten, lief Peterlein auf seine gütige alte Freundin zu und rief schon von weitem, ehe es die tüchtige Martha verhindern konnte: „Tante Thomsen, ein Deheimnis! Ich betomme einen Tranz auf, wenn du Geburtseltag hast – und die Evi und der Wolfgang sagen ein Dedicht auf vor dich!“

Da war denn das „Deheimnis“ erledigt. Beate bat den Bruder Julius, doch ja nicht so viel Aufhebens von dem Tag zu machen. Aber er sollte uns alle, die ihr durch ihn lieb geworden waren, mitbringen zu einem bescheidenen kleinen Mittagsmahl in „Lütt Hütt“ – Ursel, die beiden Dannenbergs, den Marchese, Lux, mich und die Kinder.

Und so geschah's. Wir hatten uns alle im Haus Ithaka versammelt, um uns von hier zur gemeinsamen „Großen Gratulationscour“ zu begeben, wie das der alte Dannenberg, der sich selbst zum Festordner bestimmt hatte, etwas großartig benannte. Er wollte auch den „historischen Festzug“ ordnen. Denn „historisch“ war dieser Festzug nach „Lütt Hütt“ seiner Ansicht nach; denn wenn er schon der historischen Kostüme und der Charaktermasken aus verschiedenen Jahrhunderten entbehrte, so nahmen doch die drei Generationen der lebendigen Menschheit in erlesenen Vertretern daran teil. Die erste Generation, wie der Professor munter erläuterte, die noch die historische Schule der Malerei erlebt und sich über Böcklin baß verwundert und zum Teil entrüstet hatte, war repräsentiert durch ihn selbst, Julius und mich. Die zweite mit amerikanischem Einschlag und Seekrankheitsbluff, die sich den Impressionismus von geschickten Kunsthändlern aufschwatzen ließ, den er nun mal nicht leiden konnte, fand ihre Vertreter in Lux, Ursel und dem Doktor Dannenberg. Im Marchese begrüßte er „die südliche Zwischenstufe“ zwischen der zweiten und dritten Generation, welch letzterer der Enkel der Caponeros durch gewisse voreilige Entschlüsse und Unternehmungen noch angehörte, obschon seine Jahre ihn zur zweiten verwiesen. Die dritte Generation dünkte ihm liebenswert verkörpert durch unser festlich gekleidetes und mit Laubschärpen geschmücktes Kinderkleeblatt, das ihm insofern auch berechtigt schien, die neue „Kunst“ zu vertreten, als es nach des Professors Ansicht in der von Modernsten beliebten juryfreien Ausstellung die gekritzelten Kunstwerke seiner Kinderstube mit guter Aussicht auf Prämierung schon ausstellen dürfte.

Die Kinder, die auf solche Konkurrenz wenig Wert legten, waren aufgeregt und voll verhaltenen Jubels. Sie kamen sich in ihren frischen Kleidern und neuen Sandalen würdig und wichtig zugleich vor. Eva und Wolfgang memorierten noch emsig im Gehen die paar Verse, die sie als kleine Wald- und Seegeister der Siebzigjährigen huldigend im guten Stübchen von „Lütt Hütt“ aufsagen sollten. Die aus leichtem buntem Stoff von Lux und Ursel phantastisch geschneiderten Kostüme zu diesem harmlosen Szenchen lagen wohlverpackt bei all unseren meist praktischen Geschenken auf dem kleinen Leiterwagen, den Martha, geschmückt wie Sonntags zum Tanz mit dem Hausdiener aus der „Rose“, hinter dem historischen Festzug herschob, und dessen persönliche Überwachung sich Peterchen nicht nehmen ließ. Denn dieser Jüngste der jüngsten Generation wußte, daß sich unter den vielerlei Köstlichkeiten auf diesem Vehikel neben appetitlichen Dingen, an deren Konsumierung er sich unbedingt zu beteiligen wünschte, auch sein niedlicher, mit Goldpapier beklebter Dreizack befand, den er als kleinster Seeteufel, tanzend und schweigend, zu schwingen hatte, während die beiden „Großen“, Hand in Hand, das huldigende Schlußwort des Festspielchens sprachen.

So schritten wir, ein von frohen und wehmütigen Gefühlen bewegter, von Dannenbergs guter Laune geführter Zug mit dem Glockenschlag zwölf durch die Gartenpforte von Haus Ithaka dem Walde zu. Voran Lux mit dem noch etwas blassen, aber schon recht unternehmungslustig blickenden Marchese, der sich wundervolle Chrysanthemen aus Berlin hatte kommen lassen, die mit zwei leuchtenden Schleifen in den Farben Italiens und der Caponeros geschmückt waren. Hinter ihnen Max, der Doktor, in Ursel eingehakt. Die beiden hatten, von den bittenden Augen der Väter bestimmt, das bereits gewählte Schiff vor acht Tagen allein nach Neuyork schwimmen lassen und reisten nun erst morgen nach Hamburg, um sofort den „Kolumbus“ zu besteigen, der sie übers große Wasser zurückbringen sollte. Noch als Brautpaar, in getrennten Kabinen. Denn die Mutter Ursels hatte auf die Nachricht von der Werbung hin ein langes, leider etwas verstümmeltes Kabeltelegramm geschickt, in dem sie herzlich bat, die Hochzeit ihres Kindes, zu der sie doch gern erscheinen wollte, in Amerika stattfinden zu lassen. Mit einem heimlichen Seufzer, aber ritterlich verzichtendem Wort hatte Julius sofort zugestimmt. Schimpfend hatte sich der Professor nach einigen erregten Stunden ins Unvermeidliche gefügt.

Max war glänzender Laune. Er wußte es, daß im Verlauf des kleinen Festessens auch auf sie beide angestoßen würde, und hatte sich als Dank eine hübsche Antwort zurechtgelegt, in der er zuletzt in einigen Knüttelversen, Deutsch und Englisch komisch mischend, die ganze Tischgesellschaft zu Beatens achtzigstem Geburtstag nach Amerika einlud, unter der Bedingung, daß Ursels Vater bis dahin seiner Irrlehre über das Yankeeland feierlich abgeschworen und Vater Dannenberg, in einer Berlitz-School oder sonstwo, besseres Englisch gelernt habe. An diesen achtzigsten Geburtstag Beatens glaubte der Doktor freilich selbst nicht mehr. Denn das müde, geschwächte Herz der alten Frau würde so lange seinen Dienst wohl kaum noch verrichten können. Er hatte sie in den letzten Wochen häufig als Arzt besucht. In mancher Unterredung unter den Bäumen von „Lütt Hütt" hatte er die gütige Greisin in ihrer milden Klarheit, in der vornehmen, von schlichtem Glauben übersonnten Ruhe, mit der sie dem Abschied von Welt und Wald und Meer entgegenging, immer höher schätzen gelernt, immer lieber gewonnen. Er begriff sehr gut, daß Julius gern und überzeugt von ihr sagte: „Meine Schwester Beate hat bei ihrer Geburt alle guten Eigenschaften der mütterlichen und der väterlichen Linie unseres Hauses ohne einen ihrer Fehler fürs Leben mitbekommen. Während sich's bei mir, siebzehn Jahre später, die Mutter Natur schon wesentlich leichter gemacht und Gut und Böse ein bißchen liederlich gemischt hat."

So war es für Max eine ehrliche Freude, daß gerade gestern bei der letzten ärztlichen Untersuchung es sich ergeben hatte, daß ein gewisser Stillstand in dem ernsten Herzleiden der alten Dame eingetreten war. Er konnte dem besorgten Bruder mit gutem Gewissen sagen: „Wenn ganz außergewöhnliche und überraschende Aufregungen – freudiger oder trauriger Art – der Patientin ferngehalten werden und der Festtag keine zu großen Anforderungen an ihre körperliche Leistungskraft stellt, was ja in dem harmlos-fröhlichen Programm berücksichtigt ist, so dürfen wir bestimmt hoffen und glauben, daß solch in bescheidenem Rahmen gehaltenes frohes Fest keinerlei schädliche Wirkung auf den Gesundheitszustand der lieben Greisin hat."

Das war es auch, was er just Ursel auf dem Weg durch den Wald auseinandersetzte, indem er sie ermahnte, von ihrer nahen Abreise möglichst wenig zu sprechen, damit die ältere Generation in der Fröhlichkeit erhalten werde, in der sich jetzt der kleine Zug in Bewegung setzte.

Als wir in die Nähe von „Lütt Hütt" kamen, lagerten schon die vier aus Rostock verschriebenen Musiker, die bei Tische ein bißchen aufspielen sollten, am Wege und frühstückten ausgiebig im Grase. Mit dem wohlgenährten rothaarigen Flötisten, der für die anderen, scheinbar an Erfolg und Reingewinn minder interessierten Kollegen verhandelte, sprach Julius das Programm durch. Strich einen an sich schönen Choral als zu ernst und einen Jimmy, der eigentlich ein Saxophon verlangte, als zu ausgelassen, von der Liste und setzte dafür die bewährte „Ouvertüre zum Freischütz“ und desselben Webers „Aufforderung zum Tanz“ ein. Liebe, alte Musikstücke, die, wie er wußte, oft in die sorglose Jugend der Schwester lockend hineingeklungen.

Lux und Ursel zogen hinter schützendem Gebüsch die aufgeregten Kinder um. Wolfgang fühlte sich unsagbar wohl als kleiner Waldteufel. Besonders, als ihm noch Augenbrauen von Watte angeklebt und die Lippen rot geschminkt wurden. Evchen drehte sich etwas geniert als kleines meergrünes Seejüngferchen. Peter aber hatte, einen Kranz im blonden Wuschelkopf, seinen güldenen Dreizack, ein Wunderwerk des Marchese, gleich dazu benutzt, das auf einem Baumstumpf liegende Käsebrot des beredsamen Flötisten aufzuspießen und als willkommene Trophäe siegesfroh durch den Wald zu tragen.

Aus Marthas Händen hatten wir alle schon die vom Wagen genommenen Geschenke empfangen. Wobei sich ergab, daß Pauline beim Helfen eine alte Petroleumlampe, die niemanden erfreuen konnte und an der wir uns alle die Hände fettig machten, sorgsam mitverpackt hatte.

Bald standen wir marschbereit zum Einzug in „Lütt Hütt“, deren Gartenpförtchen dort durch Zweige und Farne grüßte. Gerade als Julius, seine kleine festliche Armee stolz überblickend, uns und den Musikern das Zeichen geben wollte, unter Vorantritt der kostümierten Kinder einzuziehen, kam, von weitem schon winkend und gestikulierend, das Lieschen, die treue Bedienerin Beatens durch die knarrende Gartentüre und mitten durch die Farne auf uns zugelaufen. Mit hochgerötetem Kopfe, an dessen erstaunlicher Glut die Mitfreude am Festtag gemeinsam die Schuld tragen mochten; mit drallen Beinen in weißen Strümpfen anmutlos über die letzten Fächer der Farne springend, verkündete sie abwinkend: „Pscht! Pscht!“

Auf die etwas erstaunte Gegenfrage: „Warum denn: pscht!?“ die aus unserem stockenden Festzug aufstieg, erläuterte das Lieschen fast entrüstet: „Ei, die Madame ist noch ein bißchen eingeschlafen in ihrem Sessel. Sie war schon so früh auf und hat mir geholfen. Sie hat gemeint, ich werd' sonst nicht fertig. Dann hat sie sich ihr Seidenkleid angezogen – wissen Sie das, wo drin sie schon drei Taufen in Ithaka mitgemacht hat. Aber es sitzt ihr noch gut. Und dann – dann hat sie sich in ihren Sessel gesetzt ans Fenster und hat in alten Papieren herumgekramt. Und dabei ist sie halt noch ein bißchen eingenickt.“

Was nun? ... Dannenberg tat den verständigen Ausspruch, daß man eine Schlafende nicht mit dem gewünschten Erfolg feiern kann, wenn man sie nicht vorher geweckt habe. Und Lux war der Ansicht, daß wir doch ruhig noch eine Weile hier im Gras warten könnten, bis das Lieschen uns vielleicht mit einem Tuch oder Flederwisch ein Zeichen aus dem Küchenfenster gebe: „Sie ist aufgewacht – nun kommt!“

Der rothaarige Flötist aber, verstimmt durch den Verlust seines sorglich belegten Käsebrotes, das von Peters güldenem Dreizack geschleudert, in einem Ameisenhaufen gelandet war, betonte recht gereizt, daß er und seine Kollegen – laut Briefwechsel mit Herrn Barrenthin – nur bis drei Uhr zur Verfügung ständen. Mit dem Mittagsschiff müßten sie unbedingt wieder nach Rostock zurückfahren, wo sie am Abend noch das Jubiläum eines Professors von der Universität in der Alexandrinenstraße durch festliche Musik, zu unerhörtem Honorar verschönen sollten.

Nach kurzer Überlegung bat Julius uns alle, hier noch ein Weilchen zu lagern. Er wolle mit Lieschen ganz leise hineingehen und entweder uns bald ein Zeichen mit dem wehenden Schnupftuch geben, wenn die Schwester von selbst aufwachen werde, oder die Schlummernde – in einem Viertelstündchen etwa – sanft und behutsam aufwecken. Wir nickten Zustimmung. So ging er, von Lieschen gefolgt, die sich bei der ganzen Sache äußerst wichtig vorkam, den Weg abkürzend, durch die Farne dem Häuschen zu.

Wir sahen beide noch, behutsam wie gewiegte Einbrecher, das etwas schwierige Türschloß öffnen und dann auf den Zehenspitzen in der Diele verschwinden. Dann lagerten wir uns, vergnügt wartend, unwillkürlich die Stimmen dämpfend, auf den hügeligen weichen Waldboden, warfen uns neckend mit Bucheckern, kitzelten uns mit Grashalmen und freuten uns, wie durch die kerzengeraden goldbraunen Stämme das leicht bewegte Meer viel, viel Sonne spiegelte, die der Himmel verschwenderisch in diesen Tag und über unser Fest goß.

Julius aber war mittlerweile über die kleine Diele zu der Tür des Wohnzimmerchens getreten, in dem, wie Lieschen immer wieder mit einem ganz unnötigen Aufwand von Mimik und Gesten ihrer roten Hände andeutete, die Jubilarin ein wenig schlief.

Er legte das Ohr an die Tür. Der Kanarienvogel schmetterte in seinem Messingbauer vergnüglich sein trillerreiches Lied. Das störte die Schlafende nicht. Sie war es gewohnt und träumte bei seinem Sang vielleicht von dem längst toten anderen Vögelchen – dem gelben mit der grasgrünen Haube, dessen Trillerkunst der Vater einst so sehr geliebt, und das er keinen Morgen zu füttern vergaß.

Das singend in seinem Schaukelring sich wiegende Kanarienhähnchen war auch das erste, was Julius erblickte, als er jetzt behutsam den außen steckenden Schlüssel herauszog und durch das Schlüsselloch in das Innere des Zimmers spähte. Dann aber sah er auch links von der Ecke des schon festlich gedeckten und mit Waldblumen geschmückten Tisches auf dem erhöhten Plätzchen am Fenster, das die freie Aussicht auf das weite Meer hatte, die schlafende Schwester. Auf dem ihm aus Kindertagen wohlbekannten Nähtischchen aus Kirschbaum lagen vor ihr – so schien es ihm – allerlei Papiere ausgebreitet. Papiere größeren Formates, und – jetzt sah er's – auch im Schoß der Schlafenden, die im Seidenkleid saß, lagen ebensolche Papiere. Ein großes geöffnetes Kuvert hielt sie fest in der Hand. Ihr edler Kopf mit den schneeweißen Haaren, die in der nie veränderten Frisur noch schlicht und reich unter dem neuen Häubchen mit dem dunkellilafarbenen Band wie eine kleine Schneekrone hervorquollen, lag leicht an die Klappe des alten Biedermeiersessels gelehnt. Der Schlaf mußte die Lesende bei Durchsicht all der Papiere sanft übermannt haben.

Julius richtete sich auf. Der Rücken schmerzte ihn ein wenig vom ungewohnten Bücken. Das Lieschen fand es nötig, ihn abermals durch Gesichterschneiden und aufgeregte Gesten sinnfällig darüber zu orientieren, daß in dem Zimmer, vor dem sie standen, die Herrin ein wenig eingenickt sei. Sie tat das, als ob sie eine wichtige Pflicht mit dieser Pantomime erfülle, obschon es bereits verdächtig nach angebranntem Fett von der Küche her roch. Einen Augenblick zuckte es Julius durchs Hirn, daß diese fanatisch gestikulierende Person, die sonst kaum zu häuslichen Verrichtungen brauchbar schien, vielleicht zur Taubstummenlehrerin mit Erfolg ausgebildet werden könnte … Dann aber wendeten sich seine Gedanken sofort wieder der müden Schwester zu und dem Fest, das sie erwartete.

Er war unschlüssig, was er tun sollte.

Noch einmal legte er sein Auge spähend ans Schlüsselloch. Die Schlafende hatte ihre Stellung nicht verändert. Die Papiere lagen noch genau, wie sie vorhin gelegen. Der Vogel schmetterte noch aus dem Ring sein schallendes Lied in die Sonne. Ein Zitronenfalter, der sich verflogen hatte und durch das andere geöffnete Fenster hereingekommen sein mußte, kletterte flügelschlagend die Scheibe dicht am Kopfe der Schlummernden hinauf und hinab …

Was war das doch plötzlich für ein seltsames Gefühl, das Julius wie mit eisigen Krallen anfiel? War es ein körperliches Unwohlsein, das den eben noch Frischen und Gesunden überraschte? War es eine seelische Qual – eine Angst – eine Ahnung –?

„Wie – wie lange – schläft sie schon?" Er keuchte leise zu Lieschen gewendet, die dicht neben ihm die Hände in die Hüften stemmte und offenen Mundes der kommenden Dinge wartete.

Er mußte die Frage wiederholen. Dann erst begriff das Mädchen und fing an, mit in die Luft geworfenen Fingern schwierige Additionen anzudeuten.

Aber Julius sah nicht mehr hin. Er hatte mit einem plötzlichen Druck die Türe aufgeklinkt. Aus der schummerigen kleinen Diele war er ins volle Licht des sonnenüberfluteten Zimmers getreten. Auf den Zehenspitzen eilte er dem Sessel zu, in dem die Schlafende aufrecht saß. Wachsblaß und unbeweglich.

Er tastete behutsam nach ihrer Hand. Sie war kalt wie Eis und gab keinen Druck zurück.

„Beate – Schwester –!“ Es war gewiß nicht die rechte Art, eine schlafende alte Frau durch einen lauten Schrei zu wecken. Aber, indem er schrie, wußte er's ja schon: er weckte sie nicht mehr. Nie mehr.

Und jetzt sah er schaudernd, daß ihre Augen gar nicht geschlossen waren. Sie standen weit offen. Aber nichts Grausiges lag in diesem starren Blick. Keine Angst, kein Schreck, kein Leid und kein Kampf.

Ein liebes Lächeln erstarrte um ihren halbgeöffneten Mund, als ob ihr letzter Gedanke ein gütiges Verstehen, ein frohes Verzeihen gewesen war.

Ohne eine Träne zu vergießen, senkte Julius wie vor etwas Hohem, Heiligem den Kopf. Dann schloß er ohne ein Zucken in der Hand ganz sachte der toten Schwester die Augen. Noch einmal beugte er sich nieder zum Kusse auf ihre kalten blassen Hände. Wie er seinen Kopf wieder hob, knisterten leise die Papiere auf dem Schoß der Entschlafenen. Eines der großen alten Kuverts fiel zu Boden. Er hob es auf. Es war einer jener versiegelten Umschläge, die der Kapitän Thomsen, der Gatte dieser Toten, tief in der Schublade seiner Kajüte auf dem Seehundsfänger bewahrt, und die sein Steuermann der Witwe später zugestellt.

Mit dickem Rotstift stand von Thomsens Hand ein Wort darauf. Griechische Buchstaben. Aber – kein griechisches Wort! Wie hieß es doch – das merkwürdige Wort? Julius buchstabierte: »Pe–cu–ni–a.«

Pecunia? – Pecunia war doch lateinisch und hieß – hieß: Geld – Vermögen.

Geld – Vermögen–? Julius nahm mit behutsamen Fingern die Papiere auf, die auf der Schwester Schoß lagen. Keine Briefe – keine Bilder! Überhaupt nichts Geschriebenes. Nur Bedrucktes – einseitig Bedrucktes.

Aktien einer Importgesellschaft, Aktien von Bergwerken und chemischen Fabriken – Stadtanleihen und Staatspapiere – die längst verfallenen Kupons alle noch daran. Die Aktien selbst längst, längst wertlos geworden. Aber damals – damals, als der Kapitän starb und das alles in den großen versiegelten Kuverts hinterließ, da war das ein Vermögen – ein schönes, ein solides Vermögen! Und die Schwester, die den Gatten über das Grab hinaus geliebt, hatte diese Umschläge nie geöffnet. Denn – er wußte und empfand es wieder, wie er's damals gewußt und empfunden hatte, als er vor Wochen der Schwester nach langer Zeit zum ersten Male wieder in „Lütt Hütt" gegenübergesessen – sie hatte gefürchtet, daß diese Hüllen, deren Aufschrift sie nicht lesen konnte, nicht lesen wollte, allerlei Intimitäten, Bilder, Briefe, Erinnerungen an Herzenserlebnisse im Süden und Osten enthielten. Sie hatte zu vornehm gedacht, um sich nachträglich in die längst wehrlos gewordenen Geheimnisse des Mannes, den sie trotz alledem und alledem herzlich geliebt hatte, einzudrängen und seine Erinnerungen noch einmal reden und den Toten anklagen zu lassen. Aber die Umschläge einfach ins Feuer zu werfen, hatte sie sich auch nie entschließen können. So hatte sie im Laufe der Jahre ihres einsamen Witwentumes zuweilen bei verschlossenen Türen die geheimnisvollen Konvolute tief aus dem Schreibtischfach gezogen, sinnend betrachtet, abgestaubt und – behutsam, daß ja die Siegel nicht brachen – wie heilige, kostbare Dinge wieder zurück in die verschwiegene Pultschublade gelegt ...

Erst heute, erst an ihrem siebzigsten Geburtstag hatte die Greisin die Siegel erbrochen. Sie fühlte sich frei und stark genug. Sie wollte das schmerzlich Geahnte sehen – als Einzige, als Letzte. Wollte verzeihen – vernichten.

Aber der großen überwältigenden Empfindung, die eine seltsame Enttäuschung gewesen und eine heiße, jubelnde Freude zugleich, war das müde, geschwächte Herz nicht mehr gewachsen.

Der tote Gatte, den sein flackerndes Temperament oft fern der Heimat in schöne Arme fremder Frauen getrieben, hatte nur sie wahrhaftig geliebt. Was sie für scheu versteckte Schuldbeweise gehalten, war heimliche Sorge um sie gewesen. Er hatte gesammelt, gegeizt, gebangt – für sie, für ihr Witwentum, für ihr Alter.

Wie zu viel grell aufblitzendes Licht das Auge für immer blendet und zerstört, hatte das jäh aufflammende Bewußtsein des Glücks sie getötet. An diesem Fenster, von dem sie so oft mit tränenumflortem Blick über das Meer hingeschaut, war sie lächelnd gestorben.

Ein Frost überlief Julius' Körper. Sein Herz schlug schneller und lauter als nach weitem, weitem Wege bergauf – und war schwer und müde vom Weh.

Durch das offene Fenster gegenüber zog gerade in beruhigtem Schaukelflug der Zitronenfalter, der endlich den rechten Weg gefunden, hinaus in die Freiheit, in seine sonnige Welt.

Seinem Fluge folgend sah Julius feuchten Auges durch die braunen Stämme hindurch weit draußen auf der See helle Segel über die leicht bewegte Fläche ziehen. Das eine große, blütenweiße dort war wohl die Luxusjacht des Marchese, die heute nacht für immer dies Gestade verließ. Julius dachte an seine Ursel, die morgen mit dem geliebten Mann zu dem großen Ozeanschiff hinfahren würde, das sie dem fremden Kontinent für immer zutrug. Und diese kleinen weißen Segel, die langsam, vom sanften Wind gebläht, gen Westen flogen, kamen ihm vor wie ein letzter Abschiedsgruß und ein wehmütiges Symbol.

Und jetzt gewahrte er auch, daß die Tür zum Bilderzimmer weit offen stand. Unter den lebensgroßen Bildnissen der drei Frauen, die einst mit ihrer Liebe seines Lebens stolzeste Höhen geschmückt, standen frische Blumen. Astern, wahrhaftig – schon Astern. Nahender Herbst! Weiß, karminrot, blau und violett hingen die Strahlenblumen aus geflochtenen Weidenkörbchen. An jedem der drei Rahmen aber steckten ein paar lose Rosen. Er kannte diese schönen, mattrosa angehauchten Blütenblätter, die den zarten köstlichen Duft bargen. In „Ithaka" blühten sie jetzt und draußen in der Schwester kleinem Garten. Souvenir de la Malmaison...

Diese leuchtenden Astern in die Körbe ordnen und diesen Rosen Wasser geben, das war wohl das letzte gewesen, was Beate still gewirkt hatte, ehe sie sich dort an das Tischchen setzte. Bereit, die Siegel zu brechen, zu lesen, zu lächeln, zu verzeihen, – zu sterben.

Leise, ganz leise legte Julius der stillen Frau die lebenswarme Hand auf die schöne, kalte Stirn und nickte vor sich hin. Dann redete er langsam, flüsternd zu ihr, als könnte ihre entschwebende Seele zögern, um ihn noch zu hören:

„Beate – Mütterchenschwester, Julius und sein Glück nimmt Abschied von dir! Beate – Mütterchenschwester, sei bedankt für alles, was du für den Bruder getan und gehofft hast, und was du an Erinnerungen mitnimmst, die nun niemand mehr mit ihm teilt, ins große, ewige Schweigen! ... Beate – Mütterchenschwester, ist unser

Leben und Schicksal, so getrennt seine Straßen auch liefen, nicht ein ähnliches? Wir sind vielleicht einmal – beide – reich, sehr reich gewesen. Und wir wagten nicht zu glauben – und wir wußten es nicht ...“

...Von draußen kam jetzt immer näher und näher Musik und fröhliches Lachen.

Das törichte Lieschen hatte wohl, auf der Diele wartend und lauschend, den Schrei des Entsetzten vorhin mißverstanden und für das langersehnte Zeichen zum Festbeginn gehalten. Sie hatte flugs ein Küchenhandtuch an den Flederwisch gebunden und eifrig aus dem Fenster gewinkt.

Näher und immer näher – Marschmusik, Jubel und Zuruf.

Peterchens hohe, jauchzende Kinderstimme war deutlich zu vernehmen: „Tante Beate – wir tommen!“

Und von da draußen durch das gepflegte Gärtchen zwischen den sanft in Sonne und Morgenwind rauschenden Fichten zog des alten Dannenberg historischer Festzug heran.

Nachwort

Rudolf Presber war in der Zeit zwischen den beiden Weltkriegen einer der meistgelesenen Schriftsteller; er schrieb Romane, Erzählungen, Erinnerungen, Lyrik, Dramen, Sachbücher. „Der Rubin der Herzogin" erlebte mindestens 32 Auflagen, „Die Zimmer der Frau von Sonnenfels" 36, „Der silberne Kranich" 40 Auflagen, und vom Roman „Mein Bruder Benjamin" ist uns die 70. Auflage bekannt. Ganz falsch wäre es aber, ihn als „Modeschriftsteller" zu bezeichnen, wie das zuweilen geschieht. Er bleibt bis heute beliebt und gelesen. So sind seine Bücher, die in den Antiquariaten angeboten werden, sehr schnell wieder vergriffen. Natürlich hat er ursprünglich für seine Zeit geschrieben, wie das die Aufgabe eines Schriftstellers ist. Was dann über die Zeit bleibt, kann er nicht bestimmen. Presber wollte mit seinen Möglichkeiten mitteilen, was ihm wichtig war, und das möglichst auf heitere Weise:

„Und von all den guten Sachen,
Die das Leben uns beschwor,
Bleibt vielleicht ein leises Lachen
Als das Beste uns im Ohr. "

Rudolf Otto Hermann Presber wurde am 4. Juli 1868 in Frankfurt am Main geboren. Hier unterrichtete sein Vater, Hermann Presber, Geschichte, Ästhetik und Literatur. Daneben wirkte er im Stadtparlament mit und gehörte später zum Aufsichtsrat der neuen Theater-Aktiengesellschaft. Er war ebenfalls schriftstellerisch tätig. Rudolf Presber besuchte in Frankfurt das Gymnasium und machte in Karlsruhe seine Reifeprüfung. Bereits als Primaner schrieb er das Festspiel zur 300-

Jahrfeier des Karlsruher Gymnasiums. Er studierte in Freiburg und Heidelberg Philosophie, Literatur und Kunstgeschichte. 1892 promovierte Presber summa cum laude zum Thema „Arthur Schopenhauer als Ästhetiker, verglichen mit Kant und Schiller“. Noch im selben Jahr heiratete er Hedwig Dietz, von der er sich sieben Jahre später trennte.

1893 bot ihm der Chefredakteur des „Frankfurter Generalanzeiger“, Max von Flotow, die Stelle eines Feuilletonisten an. Vor allem durch Reise- und Bäderreportagen, aber auch durch seine geistvollen Wochenübersichten war der junge Dr. phil. bald zu einem festen Begriff in Frankfurt und Umgebung geworden. Seine Biografen wollen wissen, daß weitgehend seiner Wirksamkeit die ständige Auflagenerhöhung des „Generalanzeigers“ zu verdanken war. In dieser Zeit begann Presber auch mit Buchveröffentlichungen: 1894 erschien der Novellenband „Poveretto“, den der Autor noch als Student geschrieben hatte. Ein Lyrikband „Leben und leben lassen“ (1892) wurde vom Autor später als Primaner-Sünde bezeichnet und aus dem Handel gezogen. Es folgten mehrere Novellen und die Komödie „Vicomte“.

1898 ging Presber nach Berlin. Dort arbeitete er bis 1905 als Feuilleton-Redakteur und Theaterkritiker bei der freikonservativen Zeitung „Post“ und zunächst auch weiter für den „Frankfurter Generalanzeiger“. Erinnerungen an Reisen nach Ägypten, Palästina, in die Türkei und nach Griechenland aus jener Zeit finden wir in manchen Erzählungen. Eine Reihe von humoristischen Geschichten unter dem Titel „Von Leutchen, die ich liebgewann“ erschien zuerst in der „Post“, später als Buch, das ihn weithin bekannt machte. Für verschiedene Zeitungen schrieb er Theaterkritiken. Neben dieser journalistischen Tätigkeit übersetzte er Theaterstücke ausländischer Autoren. Am bekanntesten wurden seine Übersetzungen des spanischen Dramatikers Pedro Calderon de la Barca (1600 bis 1681). In Presbers Übertragung führte man die Dramen in Deutschland mehrfach auf. 1905 war er zunächst Schriftleiter der „Lustigen Blätter“, denen er als freier Mitarbeiter bis zu seinem Tode treu blieb. In dieser Tätigkeit arbeitete er mit den besten deutschen Karikaturisten seiner Zeit zusammen. Im Graaler Sommerhäuschen und später im Trinkkeller der Villa Eva in Potsdam-Rehbrücke hingen Zeichnungen von ihnen: Darstellungen bedeutender Männer der Geschichte und Literatur, die wie er das Leben und den Wein liebten und priesen.

Nachdem seine ersten Theaterstücke erfolgreich an mehreren deutschen Bühnen liefen – manchmal standen in einer Spielzeit von ihm drei Stücke auf den Plänen der Berliner Theater – löste er sich aus der festen Anstellung und arbeitete als freischaffender Schriftsteller. Im April 1906 begann er mit dem Verleger Dr. Otto Eysler die Herausgabe der illustrierten Monatszeitschrift für modernes Leben „Arena“. 1909 wurde dieses Heft der Zeitschrift „Über Land und Meer“ zugeordnet. Bis zum ersten Weltkrieg war Presber Herausgeber dieser Monatsschrift und schrieb vor allem Texte über gesellschaftliche Ereignisse jener Zeit.

1909 heiratete Presber seine zweite Frau Emma Otten, eine Holländerin, und zog mit ihr in die nach seinen Plänen gebaute Villa in der Trabenerstraße im Grunewald. In den Jahren vor dem ersten Weltkrieg schrieb Rudolf Presber in Zusammenarbeit mit dem Österreicher Franz von Schönthan mehrere erfolgreiche Theaterstücke, unter anderem „Der Retter in der Not“. Zwischen 1914 und 1918 entstanden in Gemeinschaftsarbeit mit Leo Walter Stein sechs weitere Lustspiele, so z. B. „Die Dose seiner Majestät". Am bekanntesten wurde aber „Liselotte von der Pfalz". 1934 bildete es die Vorlage für den gleichnamigen Film mit Renate Müller in der Titelrolle; Premiere war am 8. August 1935 im Ufa-Palast am Zoo.

Während des ersten Weltkrieges stand Presber zu Kaiser und Vaterland. Ehrenamtlich arbeitete er im Kriegspresseamt mit. Er schrieb 1915 für das Bilderbuch „Vater ist im Krieg" die Reime. Im selben Jahr veröffentlichte er seine Reportage „An die Front zum Deutschen Kronprinzen" und den Gedichtband „Der Tag der Deutschen". Auch anderswo erschienen seine patriotischen Gedichte. Der Kaiser empfing ihn auch wiederholt und lud ihn noch in Doorn ein; zusammen mit Gerhart Hauptmann und Ludwig Ganghofer erhielt er einen (allerdings außerordentlich bescheidenen) Orden vom Kaiser.

Mit seiner „fleißigen Feder", so schreibt er in seinen Erinnerungen „Ich gehe durch mein Haus", baute er im Grunewald ein Haus. Das zweite Häuschen stand in Morcote am Luganer See. „Und dann nach Jahren das dritte Häuschen. Krieg und Inflation hatten genommen, was zu nehmen war. Auf die Rückseite einst mündelsicherer Papiere schrieb ich meine Manuskripte. Über die schlimmste Not half mir das Hoftheater in Stockholm, das einen Monat lang ein Stück von mir gab. Schwedische Kronen! Damals!! Unter meinen Fichten im Grunewald saßen nervöse Gäste einer Fremdenpension. Und die von mir selbst noch im letzten glücklichen Jahr des Besitzes als Wächter an das Tor der Villa im Tessin gepflanzten Zypressen hat – hoffentlich genügend und mit Erfolg – ein Schweizer Professor begossen ... Da langte es nach neuer, redlich schaffender

Arbeit wieder zu einem kleinen Eigenbesitz. Ich erstand mir nun im lieblichen Graal an der Ostsee ein Häuschen, in dem die Kinder im zarten Alter ihre Sommer zwischen See und Wald verleben durften. Von ehrlichem Schmerz erfüllt, gab ich's erst wieder auf, als nach zehn Jahren die Pflichten der Schule dem jungen Geschlecht drei volle Sommermonate Ferien am Meer nicht mehr erlaubten. Wie aber jene Villa im Tessin in den Schlußkapiteln meines ‚Bruder Benjamin' ihr besonderes kleines Denkmal gefunden hat, lebt und blüht mein nie erlöschender Dank für das Graaler Häuschen an der mecklenburgischen Ostseeküste in meinem nach ihm benannten Roman ‚Haus Ithaka'. Und unter die früher dort viel verkaufte bunte Postkarte eines einheimischen Malers durfte ich mit gutem Recht das dankbare Sprüchlein schreiben:

‚Das war das Ziel des Ruhelosen,
Das war des Wandernden Begehr:
Ein stilles Häuschen zwischen Rosen
Und ferner Wellensang vom Meer' "

1922 bis 1929 verbrachte der Schriftsteller seine Ferien mit Lux, seiner dritten Frau, und den vier Kindern in Graal. Wie Gerhart Hauptmann Hiddensee, so verhalf Rudolf Presber dem Badeort Graal zu größerer Bekanntheit. 1929 schreiben die „Mecklenburgischen Monatshefte":

„Mindestens so sicher aber ist es, daß Graal, das berühmte Graal an der Ostsee, durch Presber noch ein gutes Teil berühmter geworden ist, als es schon immer war, weil nämlich Presber in Graal allsommerlich sein Haus ‚Ithaka' bezieht. Das macht: Presber ist selber so berühmt."

Eine herzliche Freundschaft verband den Schriftsteller in dieser Zeit mit dem Graal-Müritzer Pastor Klingenberg, der oft im Haus Ithaka zu Besuch war. Aus seiner religiösen Grundeinstellung nahm Presber die Kraft, auch über die schweren Dinge des Lebens hinwegzukommen und heiter zu bleiben. Bemerkenswert ist auch, daß er häufig in der Graal-Müritzer Kirche Vorträge hielt.

Der Ort dankte ihm durch die Ernennung zum Ehrenbürger anläßlich seines 60. Geburtstages. Als er der Gemeinde mitteilte, daß er sein Haus Ithaka (heute die Bibliothek) aufgebe, schrieb ihm der Bürgermeister am 18. Dezember 1929: „Ich brauche Ihnen, sehr geehrter Herr Doktor, wohl nicht zu versichern, wie sehr wir alle es bedauern, daß Sie ... nun nicht mehr alljährlich für längere Zeit als Sommergast nach hier kommen werden. Ich möchte Ihnen nun heute den Dank unserer Gemeinde für alles, was Sie für unseren Ort schon getan haben, aussprechen, und wir sind Ihnen ganz besonders dafür dankbar, daß Sie auch in Zukunft die Interessen und Förderung unseres Ostseebades wahren wollen."

Der Verlust sowohl der Grunewaldvilla als auch des Häuschens in Morcote zwang ihn in Berlin zum Wechsel in eine Stadtwohnung, wie er sie nach mehreren Umzügen in Wilmersdorf in der Sächsischen Straße fand. Als die schulischen Pflichten der Kinder die langen Sommer in Graal nicht mehr möglich machten, zog die Familie nach Rehbrücke bei Potsdam. Dort, in der von ihm so benannten Villa Eva, verbrachte er die letzten fünf Jahre seines Lebens umgeben von seinen Bildern, von ihm gesammelten kirchlichen Holzfiguren und seiner großen Autographensammlung. Es wurden schwere Jahre für ihn. Mit dem Zusammenbruch der

Darmstädter und Nationalbank in der Weltwirtschaftskrise verlor Rudolf Presber 1930 fast sein gesamtes (inzwischen seit der Inflation 1923 wieder erarbeitetes) Vermögen. Nach 1933 gab es dann zunehmend Schwierigkeiten in bezug auf die Publikation seiner Bücher. Ein wichtiger Grund dafür lag in seiner, in allen Arbeiten zum Ausdruck kommenden liberalen Einstellung zum Judentum, aber auch in seiner schlecht verhohlenen Abneigung gegen die braunen Auswüchse, wie er sie u. a. in Nebenbemerkungen über die sich auf der Graaler Promenade wichtig machenden SA-Leute zum Ausdruck gebracht hatte. Die daraus resultierenden Sorgen als Vater von vier unmündigen Kindern belasteten ihn ebenso wie der zunehmende Druck auf ihn als Vorsitzender des „Verbandes Deutscher Erzähler" und des Vereins „Alt-Frankfurter in aller Welt".

Nach reichem Schaffen starb der Schriftsteller am 30. September 1935 nach einer Bruchoperation im St.-Joseph-Krankenhaus in Potsdam an einer Lungenembolie.

Das letzte Theaterstück „Das Frühstück zu Rudolstadt" hatte am 12. November 1935 im Schauspielhaus am Kanal in Potsdam Premiere. Dabei wurde eine Büste enthüllt, die vom Potsdamer Bildhauer Ernst-Richard Otto nach der Totenmaske gestaltet worden war. Dann wurde es still um sein Werk. Was vom reichen literarischen Schaffen Rudolf Presbers die Zeiten überlebt, vermag heute niemand mit Bestimmtheit zu sagen. Anliegen unserer Ausgabe ist es, den Schriftsteller in seiner Verbindung zu Graal zu zeigen. Wie der Ort in den zwanziger Jahren unseres Jahrhunderts aussah, wie die Menschen lebten, litten und liebten, erzählt der Autor auf eine sehr lebendige und anregende Weise. Daß die Schilderung in dieser humorvollen Weise geschieht, macht sie in unserer oft so ernsten und traurigen Zeit besonders wertvoll. Jener Humor, der sich über den täglichen und oft so deprimierenden Alltagskram erheben kann, tut uns allen gut.

Joachim Puttkammer